Lorenz Filius

# Erdstallpirouetten

Eine fast harmlose Kindheitserinnerung

Impressum
Filius, Lorenz: Erdstallpirouetten
© Lorenz Filius, 2012, 2021
Herstellung und Verlag: BoD-Books on Demand, Norderstedt

ISBN: 978-3-7534-9645-0

Bibliografische Information der Deutschen Nationalbibliothek
Die Deutsche Nationalbibliothek verzeichnet diese Publikation in der
Deutschen Nationalbibliografie; detaillierte bibliografische Daten sind
im Internet über http://dnb.d-nb.de abrufbar.

Ein Kind entwächst der kleinen Not,
durchlebt und aufbewahrt,
doch ehe ihm das Schicksal droht,
die Welt sich offenbart.

Becky raffte sich auf und suchte den Inhalt ihres Ranzens auf dem Bürgersteig zusammen. Diesmal tat es sogar richtig weh - sonst juckte es nur scheußlich. Dabei hatte sie den Heimweg fast geschafft und die Eierköpfe längst zu Hause vermutet. Doch gerade, als sie darüber sowie über das schulische Hitzefrei ein kleines Glück befallen hatte, schossen die Bengel unverhofft aus einer Garageneinfahrt hervor und stellten sich ihr in den Weg. „Specki! - Specki!", grölten sie. „Wat ne Wonne, wat ne Wonne, die Dicke wiegt bestimmt ne Tonne!" Dann packte sie auch schon Rudolph, der Älteste von ihnen, und nahm die Neunjährige in den Schwitzkasten. „Wehr dich!", hatte Becky die Worte ihres Vaters im Ohr. „Wenn sie dir zu nahe kommen, schleudere dich hin und her, und hau ihnen mit deinem Ranzen eins vor den Latz." Doch dazu war es schon wieder zu spät, und ihre unbeholfene, behäbige Bemühung fand unter dem kräftigen Jungenarm ein jähes Ende. Allerdings musste sie den Kerl diesmal zumindest irgendwo getroffen haben, bei ihrer hilflosen und doch vehementen Gegenwehr, denn der schrie kurz auf: „Au! - Na warte du fette Kuh, dafür kriegst du 's heute doppelt!" Während das Mädchen verzweifelt versuchte, sich von seinem Angreifer loszureißen, zog dessen jüngerer Bruder Alf an ihrem T-Shirt und stopfte ihr zerdrückte Hagebuttenbeeren in den Kragen. Nur der Jüngste der Geschwister, Manfred, stand daneben und grinste hämisch zu dem gemeinen Überfall.

Vor Manfred hatte Becky eigentlich keine Angst. Er ging mit ihr in dieselbe Klasse, war aber ein mickriger Feigling, wie ihre Klassenkameraden ihn bezeichneten. Er war der Kleinste unter ihnen, sogar noch kürzer als

Becky, und das bekam er auch regelmäßig zu spüren. Becky war dafür die Dickste und damit ebenfalls abseits des restlichen Klassenverbandes. Aber die anderen ließen sie in Frieden - fast zumindest, bis auf die üblichen Sprüche, vor allem bezüglich ihres Namens. ‚Becky' klang so fett, fand sie, und das Wort alleine schon schien genug Anlässe zu bieten, sie wegen ihres Gewichtes zu hänseln. Sie mochte es viel lieber, wenn sie bei ihrem richtigen Namen Rebecca gerufen wurde, außer von ihrem Vater Robert. Wenn der sie so nannte, lag meistens Ärger in der Luft. An die Hänseleien hatte sich Becky über die Jahre schon gewöhnt, und das war auch nicht so schmerzhaft wie dieses Juckpulver der Eierköpfe. Ihr war so, als ob das Trio es besonders dann auf sie absah, wenn Manfred wieder einmal Blessuren aus der großen Pause davon getragen hatte. Diese Jungs sahen alle drei gleich aus im Gesicht mit dem blonden Stoppelhaarschnitt auf ihren langgezogenen Köpfen - genau wie ihr Vater, Wachtmeister Lohmann. Der war doch Polizist und hätte eigentlich wissen müssen, dass das, was seine Jungs mit Becky taten, nicht gerecht war. Manfreds Brüder Alf und Rudolph waren zwei Klassen über ihr und gingen zur Hauptschule. Die war ein gutes Stück entfernt von der Grundschule, aber ein paar Mal in der Woche hatten die beiden zur gleichen Zeit Schulschluss wie Beckys Klasse; und da lauerten sie ihr regelmäßig auf; mal mit Verbalattacken, mal mit Schubsereien oder eben mit Juckpulver, wie an diesem Schultag auch. Einmal hatten sie das Mädchen sogar eine Böschung hinuntergestoßen. Völlig verdreckt war sie da nach Hause gekommen und musste ein dementsprechendes Donnerwetter ihres Vaters über sich ergehen lassen. „Mensch, du bist doch ein kräftiges Mädchen; hau mal so richtig um dich und zeig es denen." Eigentlich wollte Becky gar nicht kräftig sein und hätte es viel lieber gehabt, ihr Vater hätte es ‚denen' einmal gezeigt. Begonnen hatte das Ganze bereits ein Jahr zuvor, als die drei Jungs mit ihren Eltern nur zwei Häuser weiter in der Waldstraße eingezogen waren. Davor war Beckys Welt mehr oder weniger in Ordnung. Sie lebte seit ihrer Geburt, bei welcher ihre Mutter verstarb, in dem verschlafenen Eifelstädtchen mit ihrem amerikanischen Vater alleine in dem kleinen grauen Haus. Seit sie denken konnte, arbeitete er von dort aus für eine amerikanische Firma mit Sitz in Bitburg und Trier, war also mehr oder weniger immer da, wenn auch meist beschäftigt. Manchmal, wenn Robert außerhalb zu tun hatte, ging Becky mittags zu den Nachbarn, der Familie Walther. Dort aß sie dann mit zu Mittag und machte ihre Hausaufgaben. ‚Sehr zuverlässige Leute', wie ihr Vater fand, aber bei Becky hinterließ das Rentnerehepaar einen eher komischen Eindruck. Die fragten immer so viel, wollten wissen, ob ihr Vater denn nicht eine Freundin habe und ob das auch so ganz ohne Frau im Haushalt klappen würde. Einmal hatte Frau Walther Becky sogar angeboten, bei ihr zu Hause nach dem Rechten zu schauen, man höre ja so viel. Als sie das ihrem Vater dann abends erzählte, wies er sie zurecht, nicht immer solch dumme Geschichten zu erfinden.

Über die großen Ferien hatte Becky die Eierköpfe schon fast verdrängt, jedoch belehrte die erste neue Schulwoche sie gleich eines Besseren. Im nächsten Jahr würde es vielleicht noch gefährlicher werden, denn da würde sie in die fünfte Klasse versetzt. Zur Realschule könnte sie es unter Umständen schaffen, und in diesem

Fall müsste sie sich um die Pausenzeit keine Gedanken machen. Aber der Schulweg wäre in etwa der gleiche. Und an einen Sprung aufs Gymnasium in Bitburg war gar nicht zu denken - mit den Noten, die sie hatte. Manchmal überlegte Becky, dass es vielleicht sogar besser wäre, nicht versetzt zu werden, aber das wäre für ihren Vater eine Katastrophe gewesen, denn die dritte Klasse hatte sie schließlich auch schon beinahe wiederholen müssen.

„Wenn ich euch noch einmal erwische, dann könnt ihr was erleben! Saubande!", vernahm Becky eine vertraute Stimme hinter sich, wenn auch zu spät, denn die Eierköpfe trollten sich längst feixend davon. Frau Berger trat aus der Einfahrt und half dem Mädchen auf die Beine. „Bist du in Ordnung?"

„Ja, ich glaube schon …"

„Lass mal sehen." Die zierliche ältere Dame betrachtete sich durch den Kragen den Rücken des Kindes. „Mensch, das ist ja feuerrot. Das musst du unbedingt deinem Papa zeigen. Habt ihr eine Kühlsalbe?"

„Weiß nicht … Dad sagt immer, dass man davon nicht stirbt … ich soll mich lieber wehren, meint er … anstatt zu petzen."

„Ach was, doch nicht gegen drei auf einmal … Wie waren denn deine Ferien?", lenkte Frau Berger Becky ab, die sich an ihrem wieder halb aufgesetzten Ranzen den Rücken rieb. Ein Riemen hatte sich bei ihrem verzweifelten Versuch, Widerstand zu leisten, aus der Naht gerissen.

„Och, geht so. Wir waren in Amerika."

„Ui, na da hast du ja was erlebt …"

„Ja, wir haben Grandma und Grandpa und meine Tante in Texas besucht. Die hat ein süßes, kleines Pony … war ganz lustig", murmelte Becky sinnierend vor sich hin und spielte an ihrem kaputten Riemen herum. „Durfte ich aber nicht drauf reiten … nur meine Cousine durfte … bin zu schwer."

„Wer sagt das?", wiegelte Frau Berger ab.

„Meine Tante …"

„Hm, das ist ja wohl ein wenig übertrieben … Hm … Hast du vielleicht Lust, heute Nachmittag mal vorbei zukommen? Ich habe leckeren Apfelstreusel gebacken mit frischen Äpfeln aus dem Garten ..."

Das Gesicht des Mädchens hellte sich auf. „Au ja, hätte schon Lust. Muss aber erst Dad fragen. Vielleicht muss ich nämlich auch wieder mit zum Angeln."

„Komm einfach vorbei, wenn du willst; ich bin ja alleine hier."

Becky nickte. „OK, tschüß dann", und sie trottete langsam den Rest ihres Weges die Straße hinauf zu dem schlichten Steinhaus, einem der schmucklosesten in der Gegend.

In der Waldstraße lebten fast nur ältere Leute, alt Eingesessene, wie Robert sie bezeichnete. „Und grüße immer schön, wenn du jemandem unterwegs begegnest", gab er seiner Tochter regelmäßig morgens mit auf den Schulweg. An Kindern gab es neben den Eierköpfen nur noch Martina und Helmut in der Waldstraße, die mit ihren Familien aber ganz am oberen Ende wohnten und zum Kreis gehörten, was immer das auch war. Die gingen schon längst aufs Gymnasium in Bitburg, waren meistens schick angezogen und grüßten nie, wenn Becky ihnen gegenüber ihre artige Pflicht tat. Die anderen Kinder aus Beckys Klasse wohnten fast ausschließlich in den übrigen Ortsteilen oder umliegenden Dörfern. Die Grundstücke auf der rechten Seite der Waldstraße hatten alle eine leichte Hanglage und waren ähnlich bebaut. Die Häuser standen ein wenig erhöht zur Straße hin mit kleinen Vorgärtchen, meist mehr oder weniger gepflegt. Dahinter zog sich dann der Rest der Gärten ziemlich weit aufwärts bis zum oben gelegenen Fichtenweg, mit angelegtem Rasen, Gartenanbauflächen oder einfach nur mit wildem Gras und Obstbäumen. Am spannendsten fand Becky allerdings jene Grundstücke, die mehr verwildert und undurchdringlich aussahen - wie das von Nachbar Jonas. Den hatte irgendwie noch kaum jemand zu Gesicht bekommen, und in seinem Haus waren ständig die Gardinen zugezogen. Die alten Leute munkelten, dass es dort spuke und dass Herr Jonas in seinem Haus merkwürdige Experimente mache. Dieses Grundstück hatte zudem einen besonderen Reiz, weil dort ein ausrangierter, roter Opel Kadett ohne Sitze, Räder und Türen vor sich hin rostete. Ein echter Anziehungspunkt für die, die sich hinwagten. Aber auch Becky fand das schon halb ausgeschlachtete Autowrack faszinierend, wie alles, was mit Technik zusammenhing - ein Umstand, der ihrem Vater zwar eine gewisse Freude bereitete, der ihr selbst aber scheinbar keine Bonuspunkte bei ihren Mitschülern einbrachte. Ihre männlichen Schulkameraden nahmen sie kaum ernst damit, und bei den Mädchen kam sie erst recht nicht damit an. Dennoch, sie war schon ein paar Mal beim alten Opel gewesen, zusammen mit anderen Jungs aus dem Schmalbachweg, welcher parallel unterhalb der Waldstraße samt dem dazugehörigen Bach verlief. Aber den begehrten Platz hinter dem Steuerrad konnte Becky nur selten ergattern. Die älteren Burschen vom Schmalbach gingen zwar alle nicht in ihre Klasse, akzeptierten sie aber zumindest als Anhängsel, solange sie die Jungs ab und zu in Beckys Garten zündeln ließ. Das alte, graue Gras bot dazu die beste Gelegenheit, auch wenn Robert Becky das schon mehr als einmal verboten hatte. Außerdem hatten die Jungs ja etwas gegen ihre Kameradin in der Hand. Bei ihren Zündelaktionen zogen sie immer an weggeworfenen Zigarettenkippen. Einmal konnten sie Becky überreden, es ihnen gleichzutun. „Du musst es tief einatmen", machten sie ihr das eklige Spiel schmackhaft. Obwohl Becky ihr zaghaftes Nachgeben sofort bereute und ihr spontan davon so schlecht wurde, dass sie sich fast übergeben hätte, erpressten sie die Jungs fortan damit: „Entweder du lässt uns Feuerchen machen, oder wir erzählen deinem Dad, dass du geraucht hast." In Herrn Jonas' Garten traute sich Becky allerdings nicht alleine, und wenn sie doch einmal vorsichtig ein paar Schritte hinter das Loch im Stacheldrahtzaun wagte, pfiff sie entweder ihr Vater zurück oder ein gewisses Unbehagen ließ sie rasch wieder umkehren. Das Grundstück oberhalb ihres eigenen Hauses war hingegen nicht so verwildert, wenngleich auch nicht besonders gepflegt. Neben dem recht hohen, dürren Gras befanden sich dort ein halbes dutzend Apfel- und Sauer-kirschbäume; ein besonders großer Pflaumenbaum stand mitten unter ihnen. Das war Beckys Lieblingsplatz im Sommer, und auf die Baumhütte, die sie zusammen mit ihrem Dad dort oben gebaut hatte, war sie besonders stolz. Obst trugen die alten Bäume allerdings kaum. Sie waren seit Jahren nicht mehr beschnitten worden, und die

Äste wucherten förmlich in alle Richtungen. Beckys Vater fehlte für die Gartenarbeit und diverse Tätigkeiten rund ums Haus einfach die Zeit. Nur das Gärtchen vor und neben dem Haus war mit Rasen bewachsen, den Becky seit Neuestem ganz alleine mähen durfte. Das fand sie toll, obwohl sie nach einem solchen 200 Quadratmeter Pensum ganz schön außer Puste war. Robert besaß nämlich nur einen Handmäher und keinen elektrischen wie die meisten übrigen Nachbarn. „Damit du wenigstens etwas Kondition bekommst und nicht den ganzen Tag im Baumhaus herumhockst", meinte er immer, wenn seine Tochter einmal vorschlug, einen echten Rasenmäher zu kaufen.

Becky stieg langsam die Stufen vor ihrem Haus hinauf und schlenderte über den eigens von ihr angelegten Pfad durch den Rasen zur Haustür. Auf halbem Wege verharrte sie, stellte sich auf die Zehenspitzen und versuchte einen Blick über die säuberlich geschnittene Grenzhecke von Familie Walther bis hinüber zum übernächsten Grundstück zu erhaschen - dem Garten der Eierköpfe. Dort schien alles ruhig. Wahrscheinlich war der Vater der drei Jungs zu Hause und hielt sie mit Hausaufgaben in Schach. Manfred hatte einmal so etwas erzählt. In diesem Fall war mit einem ruhigen Nachmittag zu rechnen, und Becky konnte sich nach ihren Schularbeiten getrost in ihren Garten begeben. In ihrem Baumhäuschen zu sitzen und bei einer Tüte Gummibärchen entweder einen neuen Comic zu lesen oder ihre Schätze zu sortieren und begutachten, war dann ihre liebste Freizeitbeschäftigung. Becky sammelte nämlich leidenschaftlich gerne alles mögliche technisch Ausrangierte - mit Vorliebe vom Sperrmüll.

„Das kann man bestimmt irgendwann mal gut gebrauchen", war immer ihr Argument, wenn sie mit einer neuen Errungenschaft durch die Haustür trat und ihr Vater die Hände über dem Kopf zusammenschlug. Spätestens, als er eines Tages barfuß in eine kleine Elektroplatine getreten war, die Becky beim Zerlegen eines alten Radios auf dem Teppich vergessen hatte, musste sie den größten Teil ihrer Sammlung in die Baumhütte verlagern, zumindest die Dinge, über welche sich Robert schon einmal geärgert hatte.

Ihr Vater öffnete die Tür, noch ehe Becky klingeln konnte. Er wusste sofort, was los war.

„Hast du wieder den Kürzeren gezogen? - Und der Riemen ist auch entzwei - Na dann komm mal rein. Den Ranzen werde ich nachher flicken. Wie war es in der Schule?"

„Für den kaputten Riemen kann ich nichts, das waren die …"

„Ach, hör mit diesen Ausflüchten auf, Becky", winkte Robert ab, „ … es sind immer die andern gewesen, ich weiß."

Becky streifte den Ranzen ab und hielt ihrem Vater demonstrativ den Rücken hin. „Das tut total weh diesmal … und ist feuerrot."

„Seit wann kannst du dir selbst auf den Rücken schauen?"

„Hat Frau Berger gesagt."

„Hat sie dich wieder mal gerettet, ja?"

„Manno, die sind immer zu dritt. Was soll ich denn da machen?"

„Hab ich dir schon mehrmals erklärt. Wir üben das noch einmal."

„Kannst du nicht mal … mit denen oder ihren Eltern …"

„Ach wo! Wie sieht das denn aus? Ich finde, ihr solltet so etwas als Kinder unter euch regeln. So schlimm sind die Jungs doch gar nicht. Mich grüßen sie jedenfalls immer freundlich auf der Straße."

„Ja klar, weil sie vor dir auch Schiss haben."

„Unsinn, du musst lernen, dich durchzusetzen. Du bist doch ein kräftiges …"

„Bin ich eben nicht … fett bin ich - fett, fett, fett."

„Tja, da musst du eben auch etwas dran tun. Ich sag dir 's ja immer: Iß mehr Fisch und nicht soviel Schokolade. - Apropos, ich wollte heute Nachmittag zum Angeln. Sie haben neue Forellen im Gondenbretter Weiher."

„Och, muss ich da mit? Ich will nicht schon wieder Fische totschlagen."

„Aber essen magst du sie schon, oder? - So, und nun lass mich mal deinen Rücken sehen … Auweia, das sieht ja wirklich übel aus." Robert lachte. „Also wenn du damit unter eine Dampfwalze kommst … Das spürst du doch schon fast nicht mehr, oder?" Becky verzog genervt das Gesicht. „Komm, setz dich an den Tisch. Hab heute mal länger am Kochpott gestanden und einen Linseneintopf gemacht mit Kartoffeln aus dem Garten …"

Becky stocherte recht lustlos in ihrem Essen herum. Gemüse war nicht ihr Ding, und ihr Vater war kein besonders guter Koch, fand sie für sich im Stillen. Dabei bot der mehr oder weniger brach liegende Garten hinter dem Haus genug Fläche zum Anbau für den häuslichen

Gebrauch. Aber zu mehr als ein paar gesetzten Kartoffeln ließ sich Robert nicht hinreißen. Er hatte einfach zuviel um die Ohren. Deswegen gab es oft schnelle Küche, die er zwischen seiner Arbeit als Schaltplanentwickler und der übrigen Hausarbeit zubereitete oder vom Schnellimbiss aus dem Ort mitbrachte. Letzteres schmeckte Becky am besten von alledem. Ständig saß ihr Vater über irgendwelchen Zeichnungen und rechnete und malte darin herum - sogar beim gemeinsamen Essen. Becky kannte ihn so, seit sie klein war. Und wenn sie ihn fragte, ob ihm das überhaupt immer Spaß mache, erwiderte er, dass er eben auf diese Weise das nötige Geld verdiene, damit er und Becky das Haus halten und einmal im Jahr auch in Urlaub fliegen könnten. Das mit dem Haus verstand Becky nicht so ganz, da sie ja dort wie selbstverständlich schon immer gelebt hatte. Allerdings hatte sie auch ein Jahr zuvor mitbekommen, dass ihr bis dahin bester Freund Philipp wegziehen musste, weil dessen Eltern das Haus eben nicht mehr halten konnten. Und wegziehen, das wollte Becky eigentlich nicht - auch nicht wegen der Eierköpfe. Auf ihrem Grundstück war sie sicher vor ihnen. Aber Roberts zeitraubender Beruf hatte auch etwas für sich. Er kannte sich nämlich aus mit technischen Dingen, und das fand Becky prima. Wenn er sich auch oft nicht die Zeit nahm, auf alle ihre Fragen eine Antwort zu suchen, so war er jedoch sofort ganz Ohr, wenn es sich um Technik und Sachkunde handelte. Da waren sie auf einer Wellenlänge, und so manche gemeinsam verbrachte Zeit mit solchen Themen machte die oft langen Stunden, die Becky sich selbst überlassen war, wieder wett. Es waren diese gemeinsamen Aktionen, die ihr schließlich mehr bedeuteten als der Wunsch, unter ihren Klassenkameraden etwas zu gelten. Somit war Sachkunde auch das Fach, in welchem Becky wenigstens die einzige Zwei auf dem Zeugnis präsentieren konnte. Für eine Eins reichte es nicht, weil Fräulein Nagelfuß nur sehr selten Einsen gab. Bei ihrem Vater hätte sie eine Eins bekommen, da war Becky sich sicher.

Was die Eierköpfe anbetraf, hatte sie eine viel bessere Idee, mit der sie allerdings bei Robert regelmäßig auf Granit biss.

„Nun iss mal, sonst ist es gleich kalt", munterte er seine verträumt dreinschauende Tochter auf.

„Em, Dad? Warum kann ich eigentlich nicht auf die Elementary School in Bitburg gehen?"

„Ach Becky, das hatten wir doch schon. Das ist alles zu umständlich; du sprichst besser Deutsch als Englisch, und die ganze Busfahrerei … ich weiß nicht."

„Aber ich bin doch auch eine halbe Amerikanerin, und du könntest mich doch fahren. Außerdem meint Harry, dass das …"

„Schluss jetzt Becky. Ein Schulwechsel macht im vierten Schuljahr überhaupt keinen Sinn. Das würde alles durcheinander werfen. Sieh lieber zu, dass du den Sprung zur Realschule schaffst."

„Wenn ich es aufs Gymnasium schaffen würde, müsste ich auch nach Bitburg."

„Na, davon gehe ich lieber mal nicht aus. Aber wenn du es zur Realschule schaffst, dann fliegen wir im nächsten Sommer in die Mountains."

„Du meinst die Rockys, Dad?" Beckys ohnehin schon große, schwarze Kulleraugen wurden noch größer.

„Genau, mein Schatz - also streng dich an."

Becky verzog den Mund und konnte sich nicht entscheiden, ob sie schmollen oder sich wegen des gemachten Angebotes freuen sollte. „Ich bin satt", meinte sie dann und schob den noch halbvollen, mittlerweile abgekühlten Teller Linseneintopf vor sich in die Mitte des Tisches.

„Wie ist es, kommst du nun mit zum Angeln, oder willst du lieber bei Walthers warten, bis ich zurück bin? Kannst ruhig in ihrem Garten Ball spielen, hat Frau Walther angeboten."

„Nö, langweilig", maulte Becky, „kann ich nicht lieber zu Frau Berger? Sie hat mich gefragt, ob ich sie nicht besuchen will."

„Was willst du denn bei der alten Frau? Auch Löcher in den Bauch fragen?" Robert zwinkerte seine Tochter an. „Also gut, meinetwegen. Aber fall ihr nicht auf die Nerven, hast du gehört? Ich möchte unser gutes Verhältnis zu den Nachbarn nicht getrübt sehen … Kannst dich ja vielleicht etwas nützlich machen. Am besten, ich gebe dir eine Kleinigkeit für sie mit. Ah ja, und noch etwas: Wenn du draußen spielst, dann geh diesem Harry aus dem Weg. Der ist kein Umgang für dich … er und seine Kumpels aus der Wohngemeinschaft. So, und nun ab, Aufgaben machen. Ich sehe sie mir heute Abend an."

Becky trottete die Holztreppe hinauf und verschwand in ihrem kleinen Dachzimmer. Es sah weniger wie ein Kinder- oder Mädchenzimmer als mehr wie eine Bastelstube für alles Mögliche aus. Besonders aufgeräumt war es nicht, aber Becky wusste genau, wo sie was suchen musste, wenn sie es brauchte. Sie öffnete das Giebelfenster, setzte sich auf ihr Bett unter der Dachschräge und schlug ihr Schreibe-so-Buch auf. Es war schwül draußen, und ihr kleines Zimmer hatte sich in der Vormittagssonne schon ziemlich aufgeheizt. Sie mochte den Sommer und das Spielen im Freien, aber die Hitze war ihr zuwider und machte sie träge. Wenn es dann einmal einen kühlenden Regenguss mit Gewitter gab, war das wie eine Erlösung für sie. Das Jucken auf dem Rücken ließ allmählich nach, aber nur langsam kam sie mit der eigentlich einfachen Hausaufgabe voran. Bäuchlings lag sie da und schrieb ihre Aufgabenlösungen in ihr Rechtschreibheft. Zwischendurch stockte sie immer wieder und träumte vor sich hin, kritzelte kleine Männchen an den Rand ihres Heftes oder malte die Linienzwischenräume einfach mit Tinte aus. Auf einmal vernahm sie eine singende Stimme, die von der Straße nach oben durch ihr Fenster drang. Harry. Becky sprang auf und lief zum Fenster. Genau unter ihr tanzte der dunkelhäutige, junge Soldat mit seinem Kopfhörer an ihrem Haus vorbei. Sie grinste und rief ihn an, aber er reagierte nicht. Die Musik aus seinem Walkman war offensichtlich zu laut. Becky schaute ihm nach, bis er fast am Ende der Straße angelangt war. Er hatte immer die neuesten Hits auf Kassette. Sie seufzte. Sie hatte auch schon viele Hits gesammelt, aus dem Radio, und ihre Kassettensammlung konnte sich sehen lassen. Deutsche Schlager hörte sie am liebsten. So einen Walkman, wie Harry ihn besaß, hätte sie auch gerne gehabt. Ihre Cousine in Amerika hatte natürlich schon so ein tolles Ding. Aber diese kleinen Geräte gab es im ganzen Ort nicht zu kaufen. Zumindest hatte Becky sie noch nie im Schaufenster von Radio-Schmitz gesehen, wenn sie mit Robert einkaufen war. Nur die großen Radiorekorder gab es dort. Manche sogar mit Stereoklang. Auch ein Traum.

„Viel zu teuer und unnötig", war Roberts knappe und damit auch endgültige Antwort in dieser Frage. Immerhin hatte er ihr zu Weihnachten einen kleinen Kassettenrecorder mit eingebautem Mikrophon geschenkt. Den hatte sie sich aus dem Versandhauskatalog aussuchen dürfen, da er die magische 100-D-Mark-Geschenkegrenze gerade noch unterschritt; ein weiterer kleiner, technischer Stolz, den Becky besaß.

Der Himmel war gar nicht mehr richtig blau, so wie in den Ferien oder zu Ende des Schuljahres, mehr weiß blau oder so ähnlich. Becky blickte zwischen den drei Birken vor dem Haus hindurch über die Nachbargrundstücke hinweg zum Horizont. Wenn es richtig windig war, dann knarrten die Bäume immer so schön, und eingehüllt in ihre Decke, stellte sich das Mädchen dann abends oft vor, dass sich die Birken in ihrer Baumsprache geheimnisvolle Geschichten erzählten. Eine Wetteränderung schien allerdings momentan nicht in Sicht, oder bildete Becky sich den leichten Grauschleier in der Ferne vielleicht doch nicht ein? Sie setzte sich zurück auf ihr Bett und betrachtete ihre fast fertigen Aufgaben, deren malerische Verzierungen die Lösung wahrscheinlich auch nicht richtiger machten. Unkonzentriert huschte sie durch die letzten Übungen, um sich danach lieber ihrem Kassettenrecorder zuzuwenden, welcher seit Kurzem ja noch eine gewisse Aufwertung erhalten hatte.

Am Wochenende zuvor hatte Becky zusammen mit Robert ein tolles, kleines Gerät gebastelt: einen Schwingkreis, wie ihr Vater ihr erklärt hatte. Als Becky ihn gefragt hatte, wie eigentlich ein Radio funktioniert, beschrieb er ihr ziemlich ausführlich, was ein Sender und ein Empfänger ist. Wie so oft bei seinen Ausschweifungen, baute er auch dieses Mal ein kleines Experiment dazu auf, mit herausgelöteten Elektronikteilen aus einer Platine, die Becky von der letzten Sperrmüllaktion mitgebracht hatte. Das Tolle an diesen Versuchen war, dass sie stets funktionierten - wenn auch oft erst nach einigen Anläufen und Flüchen von Roberts Seite. Dieser Schwingkreis aber hatte schon etwas Magisches, als er letztendlich doch das tat, was er sollte, nämlich die Musik von Beckys Kassettenrekorder im Radio hörbar zu machen. Das Experiment gelang zwar nur über eine Distanz von wenigen Zentimetern, aber trotzdem barg es eine Art Freiheit in sich, die Becky nicht beschreiben konnte. „Vorsicht", hatte Robert sie anschließend gewarnt. „Einfach so in der Gegend herum senden ist allerdings verboten. Aber mit dem Ding hier kannst du keinen Unfug anrichten." Becky war wieder einmal fasziniert von den Möglichkeiten der Technik und klebte den losen Versuchsaufbau gleich in eine Pappschachtel ein, um ihn zu sichern.

Neugierig schloss die Neunjährige wieder ihren neuesten Schatz an den Recorder an. Sie stellte ein Kofferradio dicht daneben und so ein, wie ihr Vater es ihr erklärt hatte. Fantastisch. Es funktionierte immer noch. Gebannt lauschte sie den verzerrten und verrauschten Klängen und bildete sich ein, alle anderen, an die sie so dachte, könnten ihre Lieblingsmusik ebenfalls im Radio bestaunen - auch die Eierköpfe und die Jungs aus dem Schmalbachweg. Das war viel spannender als die Schreibe-so-Aufgaben. Becky überlegte gerade, ob es eine gute Idee wäre, den Versuch mit in die Schule zu nehmen, um im

Sachunterricht bei Fräulein Nagelfuß damit zu glänzen, als Robert die Treppe hinauf rief: „Becky, wie sieht es aus? Bist du fertig? Ich würde jetzt ganz gerne fahren. Will sehen, ob ich nicht zwei schöne Forellen für unser Abendessen fischen kann. - Die Kleinigkeit für die Nachbarin steht auf der Flurkommode."

Frau Berger freute sich, als Becky mit einer kleinen Schachtel Pralinen vor der Tür stand. „Von meinem Dad, für Sie."

„Ach Kind, das war doch nun wirklich nicht nötig gewesen."

„Dad meint schon … ich soll Sie fragen, ob ich mich etwas nützlich machen kann."

„Du bist ja goldig. Aber nein danke, ich habe dich doch nicht zum Arbeiten eingeladen." Frau Berger lächelte Becky freundlich an und strich ihr über den glatten Haarschopf. „Hübsche Kirschspangen hast du da. Als ich in deinem Alter war, hatte ich auch immer solche Zöpfe, aber jetzt passt das nicht mehr zu meinen grauen Haaren."

Becky musste lachen, weil sie sich das Gesicht mit den vielen lustigen Falten unter solchen Zöpfen vorstellte, wie sie hatte. Die Frisur von Frau Berger war in der Tat dafür definitiv zu kurz geschnitten und so komisch gelegt; es erinnerte Becky mehr an säuberlich verlegte Drähte. Dann schaute sie ernster drein. „Ich mag meine Zöpfe eigentlich nicht, aber Dad meint, das sieht nett aus."

„Da hat dein Papa wohl recht. Trägst du die Haare denn lieber ganz offen?"

„Weiß nicht", Becky streifte sich die Spangen ab, und ihr pechschwarzes Haar fiel seitlich um ihr pausbackiges Gesicht.

„Ja, sieh an", meinte Frau Berger entzückt. „Wie eine kleine Dame schaut das nun aus ... guck hier in den Spiegel."

Becky stellte sich vor den Spiegel in Frau Bergers dunkler Diele und begutachtete ihr Gesicht darin kritisch. ‚Kaulquappe', dachte sie nur und drehte sich schnell wieder die Spangen ins Haar. „Nee, so ist vielleicht doch besser."

„Na, komm erstmal rein in die gute Stube." Frau Berger führte das Mädchen in ihr Wohnzimmer, wo schon Kuchen und Kakao auf dem gedeckten Tisch warteten. Es war angenehm kühl in dem nicht besonders hellen Raum, und die Sonne knallte nicht so in das kleine Fenster wie daheim. Die altmodische Tapete und die dunklen Möbel hatten zudem etwas Gemütliches, so ähnlich wie in dem Haus von Beckys Großeltern mütterlicherseits in Münster. Diese hatte sie allerdings schon lange nicht mehr besuchen dürfen, wegen irgendwelcher Erbstreitigkeiten mit Robert. Das Haus von ihr und ihrem Vater war längst nicht so kühl wie das von Frau Berger. Er hatte extra ein großes Panoramafenster ins Wohnzimmer eingebaut und helle Möbel angeschafft. Viel Licht fand er immer wichtig. Auch in das Zimmer seiner Tochter hatte er ein zusätzliches Dachfenster montiert, um den Raum etwas aufzuhellen, was im Sommer allerdings zu einer raschen Aufheizung dort oben führte. Becky hingegen mochte es lieber dämmrig. Sie atmete durch und ließ sich zaghaft auf dem Stuhl vor ihrem Gedeck nieder.

„Wie geht es deinem Rücken?", wollte Frau Berger wissen. „Dass diese Jungs aber auch immer so scheußlich zu dir sind ... ich verstehe das nicht."

Becky zuckte mit den Schultern. „Ich auch nicht, aber ich spüre schon gar nichts mehr." Anstatt weiter darüber nachzudenken, konzentrierte sie sich nun auf ihren wachsenden Appetit angesichts der Leckerei, die sie da anlachte: Apfelstreusel mit süßer Sahne. Frau Berger tat ihr ein großes Stück auf, als ob sie nicht im Entferntesten an das Übergewicht des Kindes denken würde. Obendrein gab es nicht nur Sahne auf den Kuchen, sondern zusätzlich einen Löffel voll mitten auf den Kakao. Becky begann zu schlemmen. Das schmeckte und ließ sie die Hitze, die Schule und die Eierköpfe schnell vergessen. Frau Berger hatte ihre sichtliche Freude daran und redete von alten Zeiten, dem Krieg und ihren eigenen Kindern, die schon lange ausgezogen waren. Dabei spielte sie immer wieder auf Beckys Zöpfe an. „Ja doch", sagte sie plötzlich, „wenn ich es mir so recht überlege, hatte ich damals genau die gleiche Frisur. - Magst du noch ein Stück? Ich habe noch ein ganzes Blech voll." Da sagte Becky nicht nein. „Warte mal", Beckys Gastgeberin zeigte mit dem Finger auf, „ich hab da doch ein Photo aus der Zeit." Sie erhob sich und kramte in einem Bücherregal herum. Dann kehrte sie mit einem Photoalbum an den Tisch zurück. Sie blätterte durch die ersten Seiten und geriet erzählend ins Träumen. Ihr Gast ließ es sich unterdessen weiter schmecken. „Da, das ist es", hielt Frau Berger mit einem Mal inne. Sie drehte das Album und schob es Becky vor den Teller. „Das bin ich, da war ich so alt wie du heute." Mit vollen Wangen betrachtete sich Becky das vergilbte Schwarzweißfoto. Sie erkannte sich trotz der gleichen Zopffrisur dagegen überhaupt nicht darin. Alleine das lange, schlanke Kleid und die Rüschenbluse faszinierten sie.

„Hatten alle Mädchen damals so etwas an?", wollte sie wissen.

„Wo denkst du hin? Sicher doch. Hosen hat ein anständiges Mädchen zu meiner Zeit nicht getragen", lachte Frau Berger.

Becky schaute an sich hinunter und kaute den letzten Bissen ihres Kuchens auf. Sie trug immer Hosen, meistens im Bein zu lang und umgekrempelt. Damit sie nicht ständig herauswachsen würde, wie ihr Vater erklärte. Trotzdem waren auch diese Hosen immer noch ein wenig eng im Bund. Becky konnte sich nicht erinnern, je einen Rock oder ein Kleid angehabt zu haben. Selbst zur Kommunion ein Jahr zuvor hatte Robert sie in eine weiße Hose mit passendem Blouson gesteckt.

„Das soll natürlich nicht heißen, dass Mädchen Hosen nicht stehen", versuchte Frau Berger Beckys offensichtlich enttäuschten Gesichtsausdruck wieder aufzuhellen, „es war eben damals nicht üblich. Aber ich finde, es steht dir gut, was du anhast … ja doch."

„Ich bin jetzt echt satt", antwortete Becky und musste leicht aufstoßen. „Ich glaube, mir ist sogar ein bisschen schlecht."

„Oh das tut mir leid … ist aber auch ein schwüles Wetter heute." Frau Berger wechselte das Thema, weil sie bemerkte, dass sie wahrscheinlich Beckys wunden Punkt getroffen hatte. „Möchtest du dir vielleicht meinen neuen Rosengarten anschauen? Mein Sohn hat ihn im letzten Jahr angelegt, gleich hinter dem Haus."

Becky nickte, denn obwohl es schön kühl in Frau Bergers Wohnzimmer war, roch es darin doch sehr nach alten Sachen und ungelüftet. Becky liebte die frische Luft und hatte ihr Zimmerfenster immer auf oder zumindest gekippt - im Sommer wie im Winter. Die schwüle Hitze schlug dem Mädchen nun förmlich ins Gesicht, als sie das Haus verließen, und sie begann sofort, so stark zu schwitzen, dass ihr ganz mulmig zumute wurde. In der Schule war sie deswegen schon ein paar Mal umgekippt, im Sport.

„Ach Kind, hier sitze ich so gerne, glaubst du das?", atmete Frau Berger durch, als sie sich auf ihrer Holzbank mitten unter den Rosenstöcken niederließ, scheinbar inspiriert durch ihren Garten, alte Geschichten zu erzählen. Becky hörte ihr mehr oder weniger abwesend zu, abgelenkt durch ihr Bauchkneifen. Sie schnupperte immer wieder an den wohl duftenden Rosenblüten und bildete sich ein, dass das ihrem Bauch gut tun würde. Und wirklich, nach einer Weile schien ihr Unwohlsein wie vom Erdboden verschluckt, vielleicht auch, weil sie ein Stichwort in Frau Bergers Erzählung aus ihrer Hitzelethargie hervorlockte.

„Ein Funkhäuschen? Wo?", unterbrach sie den Redefluss der alten Frau.

„Gleich dort, im oberen Teil meines heutigen Gartens."

Becky schaute über die langgezogene Blumenwiese hinweg. „Aber da oben ist doch gar nichts, außer ein paar Bäumen."

„Jetzt nicht mehr", erklärte Frau Berger, „aber früher stand dort am Ende ein kleines Holzhaus, das war noch vor dem Krieg. Es war ein richtiges Wohnhäuschen, wohl für Waldarbeiter oder so. Und noch viel früher müssen da Angehörige einer Glaubensgemeinschaft gelebt haben, so ganz alleine für sich und abseits. Ja, ja, darum ranken sich einige Geschichten im Ort."

„Und im Krieg war es ein Funkhaus? Was haben die denn da gefunkt? Musik und Hits?" Becky wurde neugierig.

„Nein, nein, oh nein … ja das wäre schön gewesen. Nein, im Krieg diente es als Funkhaus der Wehrmacht, der Armee. Von dort aus sendeten die Soldaten Signale an ihre Truppen, glaube ich … aber mit so etwas kenne ich mich nicht aus. Als mein Mann und ich gebaut hatten seinerzeit, störte uns die Ruine dort oben gar nicht. Wir hatten genug mit unserem unteren Gärtchen. Als dann der Fichtenweg noch dazukam, fiel das Häuschen zufällig diversen Abholzarbeiten zum Opfer. Ja, ja, das war was, aber die Arbeiter hatten später alles schön weggeräumt und wir waren das alte Ding los. Nur noch ein paar Metallreste liegen da herum - in dem kleinen Verschlag am Ende des Gartens." Becky erspähte einen alten Holzspind in der rechten Ecke am Ende der Wiese.

„Das finde ich spannend. Darf ich da mal hin und schauen?"

„Sicher Kind, geh nur. Aber tu dir nicht weh. Da liegt allerhand rostiges Zeug herum, woran man sich verletzen kann. Mein Sohn sollte es schon längst weggeräumt haben - aber der kann ja auch nicht immer. Ich sitz derweil noch ein wenig hier und genieße die letzten Sonnenstrahlen des Sommers."

„Ich pass schon auf", eiferte Becky, ganz wild darauf, das ‚rostige Zeug' genauer unter die Lupe zu nehmen.

Sie lief quer über den langen Garten und schaute sich immer wieder um. Die Wiese gefiel ihr, schien sie doch noch weiträumiger als ihr eigenes Grundstück. Auf der linken Seite erspähte sie das Dickicht vom Herrn Jonas und auf der rechten einen Garten voller Bohnenstangen. Das Grundstück von Frau Berger war komplett umgeben von einem Jägerzaun. Das gab der einfachen Wiese mit den unzähligen, kleinen Blümchen einen geborgenen An- strich, und an der oberen Grenze zum Fichtenweg war ein Gartentürchen eingebaut. Ehe sich Becky dem Ver- schlag näherte, wagte sie einen Blick über eben dieses Gartentor und schaute sich in der Straße um, die sie von ihrem Domizil aus nie alleine betreten durfte und konnte. Hohe Fichten schlossen dieses dort zur oberen Straße hin ab. Auch gab es da keinen Durchgang, stattdessen durch- zog ein Stacheldrahtzaun die Bäume, welcher sich auch seitlich bis zur Waldstraße nach unten fortsetzte. Becky nahm sich vor, ihrem Vater unbedingt vorzuschlagen, auch so einen Jägerzaun anzulegen. Im Fichtenweg sah es nicht viel anders aus als in Beckys Straße. Die Häuser wa- ren allerdings neuer und moderner. Der direkt dahinter liegende, große Wald begrenzte den Blick über die jensei- tigen Grundstücke. Becky trottete in die Ecke mit dem Verschlag und erkannte sofort etwas in ihren Augen höchst Interessantes. Die alten Gestänge einer stark ange- rosteten Dachantenne ragten aus dem umherwuchernden Gras hervor, welches den Holzverschlag vom Rest der gepflegten Wiese wie eine Welt von der anderen trennte. Beckys Phantasie entflammte sofort. Sie begann sich vor- zustellen, wie diese Antenne auf dem Holzhaus, von wel- chem Frau Berger erzählt hatte, Signale versendet hatte - vielleicht sogar mit einem ähnlichen Schwingkreis wie dem, den sie besaß. Sie zog an den Stangen herum, konnte sie aber nicht aus der jahrelangen Umflechtung des Gestrüpps befreien. Dann bemerkte sie, dass die Tür des Verschlages augenscheinlich nicht verschlossen war, sondern nur angelehnt. Sie versuchte, sie aufzuziehen, aber auch hier hatte der Zahn der Zeit wuchernd alles ziemlich fest im Griff. Beckys Neugier siegte schließlich, und sie konnte die Tür nach einigen Anstrengungen zumindest so weit öffnen, dass sie mit ihrem Kopf gerade so hindurchschauen konnte. ‚Zu blöd', dachte sie, ‚viel zu finster.' Ihre Taschenlampe hätte sie jetzt gut gebrauchen können. Sie spähte eine Weile in der Dunkelheit des geheimnisvollen Raumes umher, wobei sich ihre Augen allmählich an das schwache, durch den Spalt eindringende Licht gewöhnten. Nach und nach konnte sie so einige Gegenstände schemenhaft erkennen. Gerade wollte sie ihrer Begeisterung über die Entdeckung eines alten Plattenspielers mit einem Ausruf des Staunens Ausdruck verleihen, da vernahm sie einen Pfiff von irgendwoher, der ihr nur allzu vertraut war. Es war Roberts Signal, dass Becky nach Hause kommen sollte. So laut, wie das klang, musste ihr Vater ziemlich nah sein. ‚Das ging aber schnell mit dem Fischen', dachte sie, zog ihren Kopf aus dem Türspalt und schaute die Wiese hinunter zum Rosengarten. Dort stand Frau Berger zusammen mit Robert, und sie winkten seiner Tochter zu.

‚Mist, gerade nun, wo es richtig interessant wird', überlegte Becky, und sie schob sich mit der Hand den verschwitzten Pony aus dem Gesicht. Sie trottete nach unten.

„Darf ich morgen wieder kommen?", traute sie sich kaum, Frau Berger zu fragen, nachdem sich Robert ausgiebig für ihre Gastfreundschaft bedankt hatte.

„Na, wir wollen Frau Berger mal nicht über Gebühr in Beschlag nehmen", antwortete Beckys Vater, noch bevor Frau Berger ihrem Wunsch entsprechen konnte.

„Toll!", freute Becky sich über Roberts Seufzer hinweg, „ich mache mich auch nützlich, wenn Sie wollen."

Becky stand frisch geduscht und abgekühlt im Pyjama an ihrem Zimmerfenster und schaute in den Sonnenuntergang jenseits des Schmalbachtals. Sie hatte zusätzlich das Dachfenster geöffnet und hoffte auf einen kühlen Durchzug, der sich aber kaum einstellen wollte. Es war schon relativ spät. Sie gehörte eigentlich längst ins Bett, doch sie wurde einfach nicht so schön müde wie sonst abends, wenn es nicht so warm draußen war. Es klopfte an der Tür, und Robert kam herein - mit dem Rechtschreibheft. Er sah nicht sehr begeistert aus.

„Ach Beckymaus, wir müssen etwas an deiner Konzentration tun, meinst du nicht auch? Morgen Nachmittag nehme ich mir Zeit; da gehen wir zu Dr. Drilling. Mal sehen, vielleicht weiß er Rat."

„Muss das sein Dad? Das Wartezimmer ist immer so voll …"

„Und kühl", unterbrach sie ihr Vater augenzwinkernd.

„Stimmt … darf ich danach denn noch mal zu Frau Berger?"

„Versprochen. Sie hat ja wohl nichts dagegen."

„Fein", grinste Becky ihren Vater an und ließ sich schließlich gähnend in ihrem Bett nieder. Dann fragte sie noch einmal: „Dad?"

„Ja, was denn Mäuschen?"

„Glaubst du, ich könnte auch gut ein Kleid tragen anstatt einer Hose?"

„Wie kommst du denn jetzt darauf?"

„Frau Berger hat gesagt, früher haben Mädchen nie Hosen getragen."

„Tja, das war in der damaligen Zeit in der Tat so."

„Hat meine Mama auch Kleider angehabt?"

„Ja… hier und da, zu besonderen Anlässen und unserer Hochzeit natürlich … aber ansonsten meist Röcke. - Außer, wenn sie im Garten gearbeitet hat." Robert musste in sich hinein lachen, „ … dann hatte sie so eine Latzhose an … das sah zum Schießen aus, wie ein kleiner Junge irgendwie mit ihren zusammengebundenen Haaren … aber liebenswert."

Becky zupfte an ihrer Bettdecke herum. „Wie ein Junge", wiederholte sie leise. „Meinst du ich sollte auch Röcke anziehen, so wie die anderen Mädchen in meiner Klasse?"

„Ja, also", wurde Robert verlegen, „du sollst das anziehen, worin du dich wohlfühlst. Sind dir deine Hosen denn wieder zu eng?"

„Nö, ich dachte nur so …"

„Weißt du was, Becky?", schlug ihr Vater dann vor, „am Samstag fahren wir beide nach Trier … Ich habe da ohnehin etwas Geschäftliches zu tun, und da suchst du dir so ein richtig schönes Sommerkleid aus … Was hältst du davon?"

„Trier?" Beckys müde Augen hellten sich auf, weniger aufgrund der Aussicht auf ein alternatives Kleidungsstück zu den immer gleichen Hosen aus dem Discounter, als mehr wegen der seltenen Möglichkeit eines Besuches im Elektronikfachgeschäft.

„Abgemacht. Gimme five", meinte Robert und gab seiner Tochter einen Gutenachtkuss.

Er verließ nachdenklich das Zimmer. Becky kuschelte sich derweil in ihre dünne Sommerdecke ein, obwohl es auch ohne diese schon warm genug dort war. Sie lag direkt unter dem geöffnete Dachfenster und schaute aus ihrer ‚Höhle', wie sie es nannte, durch einen schmalen Spalt in der Zudecke in den Himmel. Dann stellte sie sich vor, dass die Höhle fliegen konnte und Becky in ihrer sicheren Geborgenheit mit hinaus nahm, um alles das zu entdecken, was jenseits des vergangenen Tages lag.

\* \* \*

Der letzte Tag der Schulwoche begann so, wie der Donnerstag geendet hatte: sehr warm. Becky schaute nach dem Aufstehen wie üblich zu aller erst aus dem Fenster, um die Lage zu begutachten. Der Himmel war wieder blau und ließ kaum Platz für irgendein Anzeichen auf Wetteränderung. Erste Stunde Sport stand auf dem Programm, was das Mädchen zudem lustlos stimmte. Dementsprechend muffig gelaunt kam sie runter in die Küche zum Frühstück.

„Morgen, Maus", begrüßte Robert sie. „Gut geschlafen?" Mehr als ein etwas mürrisches ‚Hm' kam allerdings nicht zurück. „Was hat dir denn die Laune verhagelt? … Oh, ich weiß schon, aber ich kann dir nicht schon wieder eine Entschuldigung für den Sportunterricht schreiben. Das hat letztes Jahr bereits Ärger mit Fräulein Nagelfuß und dem Schulleiter gegeben. Außerdem tut dir etwas Bewegung wirklich gut."

„Och Mann", verteidigte Becky ihre kaum gewagte Hoffnung. „Es ist so warm, und wenn ich draußen im Garten spiele, bewege ich mich doch auch. Wir gehen bestimmt wieder aufs Sportfeld und müssen rennen, springen und werfen."

„Sei nicht so bequem, bemüh dich einfach etwas."

„Warum denn? Beim Sportfest bekomme ich doch sowieso keine Urkunde ..."

„Schatz ich weiß, das schwüle Wetter macht uns allen um diese Jahreszeit zu schaffen. Aber es wird vergehen, wie es immer vergeht, und du wirst sehen, du bringst bald schon den ersten Schnupfen nach Hause."

„Dad, nur noch dieses eine Mal, ja?"

„Nein, Becky, kein Mal mehr. Vielleicht bekommt ihr ja heute Hitzefrei und du darfst dafür früher nach Hause ... wäre doch ein schöner Wochenendbeginn."

Becky überlegte. Sie fand, dass das gar nicht so günstig sei. „Wegen mir kann die Schule heute normal lange dauern. Wenn ich früher frei bekomme, warten bestimmt wieder die Eierköpfe in einer Einfahrt auf mich."

„Nenne sie nicht immer so", erwiderte Robert. „Wenn mich einer so nennen würde, würde mich das auch aggressiv machen. Die haben es sicher nicht leicht. Frau Walther hat mir erzählt, dass sich die Eltern der Jungs oft ziemlich streiten, aber das musst du ja nun nicht überall ausposaunen - Und nun ab, bist heute spät dran." Robert blickte zur Uhr und verstaute Beckys Pausenbrot in ihrem Ranzen. „Und vergiss deine Zopfspangen nicht."

„Ich gehe heute mal ohne."

„Ach, wie das?"

„Weiß auch nicht - vielleicht lassen mich die Ei … ich meine, Alf und Rudolph ja dann zufrieden."

An der Tür drehte sich Becky noch einmal zu ihrem Vater: „Oder doch noch einmal wegen Sport?"

„Becky! - Ab jetzt, und pass auf der Straße auf."

Manchmal verstand sie ihren Vater nicht. Von der Straße ging in ihren Augen keine Gefahr für sie aus. Zebrastreifen und breite Gehwege machten ihren Schulweg absolut sicher, dachte sie, aber die wirkliche Gefahr, nämlich die Eierköpfe und den unmenschlichen Sportunterricht unterschätzte ihr Dad gewaltig.


Auf ihrem Schulweg begegnete Becky Harry, oder besser gesagt, er holte sie tänzelnder Weise ein.

„Hey girl", grüßte er sie und war wie immer bester Laune. „How are you doin'?", sang er schon fast mit seiner quirligen Stimme.

„Hi Harry … ich, sage nur Sport", antwortete Becky mit vielsagender Miene.

„Cool … Sports in the morning … makes fun … I love it."

„Ich weniger." Becky verzog das Gesicht.

„Come on, take it easy … wanna listen?" Harry hielt der Kleinen seinen Kopfhörer hin. Sie wäre nur allzu gerne darauf eingegangen, aber sie hörte die Turmuhr dreiviertel acht schlagen und wusste, dass sie mehr als spät dran war.

„Jetzt nicht Harry, vielleicht ein andermal", und sie spurtete, so schnell sie eben konnte, los. Mit dem letzten Klingeln um kurz vor acht traf sie prustend auf dem Schulhof ein, welcher schon fast leer war bis auf einige

Nachzügler und Manfred, der seine sieben Sachen gerade vom Boden aufsammelte. Becky lief schnell zu ihm, um ihrem Kameraden zu helfen, anstatt sich auf direktem Wege zum Gebäudeeingang zu begeben.

„Lass das", war alles, was er ihr barsch entgegnete, als sie ihm ein paar seiner auf dem Asphalt verstreuten Hefte reichte. Er rieb sich mit dem Handrücken über seine leicht triefende Nase und zog noch vor Becky ab zur Eingangstür. Dabei hätte sie sich an diesem Freitag gar nicht so sehr beeilen müssen, denn die erwarteten hochgezogenen Augenbrauen seitens der strengen Lehrerin Fräulein Nagelfuß blieben aus … weil sie gar nicht erst erschien an diesem Vormittag. Kaum hatte Becky sich am letzten Tisch ganz hinten niedergelassen, hörte sie aus den Nachbarbänken auch schon die Gerüchteküche brodeln.

„Die Fußnagel kriegt ein Kind und ist nicht verheiratet", tuschelten sich die Zahnarztzwillinge Tanja und Tonja zu und der große Bert, der immer besonders gerne Manfred drangsalierte, wusste zu berichten dass die olle Fußnagel eine ‚Fehlergeburt' hatte und dass das Kind noch gar kein richtiges Kind gewesen sei. Becky saß da und wusste nicht, was sie von der Sache halten sollte. Das hörte sich irgendwie gruselig an, doch ahnte sie, dass es zumindest ein Gutes habe: Der Sportunterricht würde ausfallen. Und richtig, einige Minuten später trat der gutmütige, alte Musiklehrer Backes ins Klassenzimmer und rief die Schüler zur Ruhe auf. Von ihm waren keine sportlichen Leistungsansprüche zu erwarten, dafür aber ziemlich langweilige Orgelmusik aus dem mitgebrachten aufklappbaren Plattenspieler. Der sah fast so aus wie das tolle Ding in Frau Bergers Verschlag. Beckys Laune hob sich bei dem Gedanken daran; blieb nur noch die Sache mit dem Hitzefrei, um welche sie allerdings nicht herumkam. Nachdem Herr Backes den Schülern von Fräulein Nagelfuß Grüße ausgerichtet und das Gerücht mit der ‚Fehlergeburt' aus dem Weg geräumt hatte, ließ er seinen Plattenspieler den Rest der Stunde gestalten.

Der Heimweg - als der Schulleiter schließlich das zwiespältige Hitzefrei bekanntgegeben hatte - verlief wider Erwarten ohne Zwischenfälle. Becky war schon während der letzten Stunde den möglichen Alternativheimweg durch den Ortskern im Geiste durchgegangen, obwohl dieser Umweg ihr von ihrem Vater strikt verboten worden war, wegen des großen Kreisverkehrs in der Ortsmitte und der vielen Laster, die durch das Zentrum donnerten. Da kannte er kein Pardon und stellte seiner Tochter im Falle eines Verstoßes eine empfindliche Strafe in Aussicht. Wie immer diese auch ausgesehen hätte, das wollte Becky keinesfalls riskieren. So gutmütig Robert auch war, manchmal jedoch wurde das Mädchen den Gedanken nicht los, er könnte seine Sympathien ihr gegenüber durch einen nichtigen Grund verlieren. Schließlich konnte sie aber an diesem Tage ihr Hitzefrei nach unbehelligtem Erreichen ihres Zuhauses ohne verbotene Umwege allmählich genießen.

„Na, der Sport scheint heute ja nicht ganz so schlimm gewesen zu sein", bemerkte Robert, als er seine Tochter in Empfang nahm, „so zufrieden, wie du ausschaust."

„Ist heute ausgefallen", verkündete Becky, „die olle Fußnagel bekommt ein Kind und ist nicht verheiratet."

„Für dich immer noch Fräulein Nagelfuß, hast du verstanden? - Und dass sie nicht verheiratet ist, geht uns nichts an. Am Anfang einer Schwangerschaft geht es den Frauen manchmal nicht so gut, weißt du?"

„Aber die sagen alle Fußnagel zu ihr, und wenn ich sie Fräulein Nagelfuß nenne, lachen sie immer; Streberin, Streberin, rufen sie. - Was ist eine Streberin eigentlich?"

„Ihre Kollegen werden sie sicherlich nicht so titulieren, und du machst das auch nicht, fertig aus. Und eine Streberin bist du bestimmt nicht, dann sähe dein Notenspiegel anders aus. Also vergiss das, und mache dich nicht mehr als nötig unbeliebt an der Schule."

Robert schien gereizt. Das erkannte Becky daran, dass er seinen Zeichenstift zwischen Daumen und Zeigefinger schnell hin und her wippte. Er konnte es absolut nicht ausstehen, mit Schulquerelen belämmert zu werden, wenn er unter arbeitsbedingtem Stress stand. Becky gab klein bei, nicht wissend, mit welchem Verhalten sie sich mehr unbeliebt machen würde und vor allem bei wem.

Der angekündigte Besuch bei Dr. Drilling gleich nach dem Mittagessen verlief für Becky völlig harmlos, ohne Spritzen oder sonstige unangenehme Behandlungen. Allerdings kam ihr Vater dafür nicht um ein paar ernste Worte mit dem Arzt herum, nachdem er und Becky fast eine Stunde nur auf ein Rezept für einen Konzentrationssaft im Wartezimmer gewartet hatten.

„Herr Thomson, ich kann Ihnen nur anraten, die Ernährung für die Kleine umzustellen", redete der Doktor eindringlich auf Robert ein, nachdem das Mädchen von der Waage gestiegen war. „Viel Gemüse und Obst …", und er nickte Becky aufmunternd zu. „Noch kann sich das auswachsen, wenn man daran arbeitet." Becky schaute verlegen zu Boden und ihr Vater murmelte nur: „Ja, ja, ich weiß … ist nicht immer so einfach."

„Sie sollen es sich auch nicht einfach machen", meinte der Mediziner. „Einen Konzentrationssaft kann ich Ihnen verschreiben … aber das alleine ist nicht das Problem Ihrer Tochter. Ein gesunder Geist wohnt in einem gesunden Körper, verstehen Sie?"

Robert schien zwar zu verstehen, was Becky an seinem Gesicht sehen konnte, aber dieses Gesicht hatte er immer, wenn sie ihm von ihren Nöten erzählte, und es war das gleiche Gesicht, das letztendlich an vielen dieser Umstände nichts zu ändern vermochte. Sie nannte es immer das Eierkopfverständnisgesicht. Als sie die Praxis verlassen und in der Apotheke das Mittel besorgt hatten, spazierten Becky und ihr Vater langsam durch die Mittagshitze die lange, teilweise recht steile Waldstraße entlang zurück nach Hause. Becky war schließlich ganz schön außer Atem, als sie endlich die Haustür aufschlossen und sie sich im Wohnzimmer in den Sessel fallen ließ. Aber jetzt konnte das Wochenende beginnen, welches zusätzlich ein verlängertes war. Am Montag hatte Becky frei wegen einer Lehrerkonferenz, am Samstag stand die Fahrt nach Trier an, und der Nachmittag versprach eine gewisse Spannung in Frau Bergers Garten. Becky fühlte sich ein bisschen glücklich, so wie am letzten Schultag vor den Ferien. Und schon spürte sie einen kräftigen Appetit, der sie darin bestätigte. Die Spaghettiportion vom Mittag war schon längst verdaut und das Mädchen wollte ihre Freizeit mit einem guten Gefühl im Bauch beginnen. Gerade hatte sie sich ein paar Kekse aus dem Schrank stibitzt, nachdem Robert ihr gleich einen Löffel des säuerlichen Wundersaftes eingeflößt hatte, da kam ihr Vater dazu.

„Nein, Becky, einen jetzt nur. Leg die anderen zurück in den Schrank; du hast gehört, was Dr. Drilling gesagt hat."

„Aber ich habe wieder Hunger."

„Ja, dann iss … dann iss …", Robert drehte sich unschlüssig umher, als ob er etwas suchen würde, was er selbst noch nicht kannte … Soll ich dir ein Schinkenbrot machen?"

Becky rümpfte die Nase. „Lieber mit Marmelade."

„Ok … da ist ja auch Obst drin."

Endlich zog Becky gut gelaunt mit ihrer Stulle in der Hand davon - zur Erkundung ihres neuen Schatzes. Unterwegs traf sie auf zwei Jungs vom Schmalbachweg. Die hatten Schraubenzieher und einen Hammer in der Hand. „Hi Becky, wir wollen zum alten Opel … was ausbauen", begrüßte der eine sie. „Kommst du mit?"

„Was ausbauen?", fragte Becky. Das Vorhaben der beiden gefiel ihr gar nicht, denn das war ja auch schließlich ein bisschen ihr Opel. „Das dürft ihr doch gar nicht … der Opel gehört nämlich Herrn Jonas."

„Na und", fuchtelte der andere Junge mit dem Hammer herum. „Der hat doch noch nie was gesagt."

„Und wenn er doch plötzlich aus seinem Haus kommt? … Was wollt ihr denn ausbauen?"

„Das Armaturenbrett oder so."

Becky erschrak, und am liebsten hätte sie sich den zweien angeschlossen, nur um sie zu überreden, das nicht zu tun. Auf das Armaturenbrett hatte sie es schließlich selbst schon lange abgesehen, sich aber nie getraut, sich alleine daran zu schaffen zu machen.

„Also was ist?" Die Jungs wurden ungeduldig. Becky sah ihre Fälle schwimmen und doch entschied sie sich, ihnen nicht zu folgen. Die beiden hatten bestimmt nicht nur Werkzeug dabei, sondern auch wieder Streichhölzer … zum Zündeln. „Nö", meinte sie selbstsicher und tat geheimnisvoll stolz, „heute hab ich keine Zeit, muss noch etwas auskundschaften." Sie zog an den Schmalbachjungs vorbei in dem Wissen, dass sie ihr bestimmt nicht auf das Grundstück von Frau Berger folgen würden; aber sie sollten ruhig sehen, wohin sie ginge, und sie versäumte es nicht, vor Frau Bergers Einfahrt solange zu warten, bis die beiden sich noch einmal nach ihr umgedreht hatten. Denn das war jetzt ihr Geheimnis, an welches niemand anderes außer ihr herankam.

Frau Berger hieß die Kleine freundlich willkommen und bot ihr direkt wieder ein Stück Kuchen an, was Becky aber tapfer ablehnte. „Dann nimm dir wenigstens ein paar Waldbeeren; die findest du da oben an der Grenze zu Herrn Jonas. Du kannst die Büsche mit den blauen Beerchen gar nicht verfehlen. Sind dieses Jahr viele und so süß. Warte, ich gebe dir einen Becher mit. Kannst dir welche mit nach Hause nehmen.

„Ist gut", nickte Becky, nahm das Gefäß und machte sich wie selbstverständlich zur oberen Wiese auf, als wenn es ihr eigenes Domizil gewesen wäre. Dort lief sie gleich auf die Seite zu Herrn Jonas' Grenze, auf welcher sich tatsächlich viele Waldbeersträucher entlang des Zaunes ausgebreitet hatten. Um den Becher zu füllen, hatte Becky aber gar keine Zeit und Lust, vielmehr lenkten die

Zwei, die sie zuvor getroffen hatte, ihr Augenmerk auf die Geschehnisse jenseits des Zauns. Sie werkelten wahrhaftig an dem Autowrack herum, kamen aber zu Beckys Zufriedenheit nicht recht voran und trollten sich bald scheinbar gelangweilt mit Stöcken zwischen dem hoch wuchernden Gestrüpp umher. ‚Ein Glück', dachte Becky, und sie wandte sich beruhigt der anderen Seite von Frau Bergers Grundstück zu - nicht ohne beiläufig ein paar der Beeren am Boden zu probieren, die ihr mit Verwunderung äußerst lecker schmeckten. Sie fand schließlich den Verschlag so, wie sie ihn Tags zuvor verlassen hatte. Sie hatte sich fest vorgenommen, die Tür aufzubekommen und begann emsig, sie von Gras und Gestrüpp zu befreien. Nach einigen Anstrengungen und Schweißausbrüchen gab die Tür endlich nach. Jetzt fiel auch mehr Licht in den überhitzten Raum. Es roch nach altem Zeug, aber das störte nicht weiter, im Gegenteil es verhieß einen Hauch von Abenteuer. Becky trat voll Erwartung ein, und ihre Augen wanderten direkt dorthin, wo der alte Plattenspieler immer noch lag. Sie war begeistert, der sah überhaupt nicht kaputt aus. Mit einigen Handgriffen befreite sie ihn aus einem Gewirr von Kabeln samt dem dazu gehörigen Deckel und montierte die Teile gekonnt wieder aneinander. ‚Der müsste doch eigentlich noch gehen', dachte Becky und drückte an den Schaltern des Gerätes herum. Dann erspähte sie noch weitere äußerst interessante Dinge, die sie nach und nach aus dem umher liegenden Schrottwust regelrecht ausgrub: Eine altmodische Tischlampe mit Rüschenschirm, zwei merkwürdige Geräte mit Zeigern drin und zwei große Elektrodenröhren in einem geöffneten Kasten mit Spulen und Kondensatorblöcken. Ein echter Fund in Beckys Augen, auch wenn sie nicht so richtig wusste, wozu sie das Röhrenmonstrum gebrauchen konnte - aber es sah eindrucksvoll aus, so richtig zum Aufstellen. Die Lampe gefiel ihr, und diese hätte sie am liebsten als neue Tischlampe in ihrem Zimmer gehabt. Mit der Freude über ihre Entdeckung beschlich Becky aber zugleich die Befürchtung, Frau Berger könnte diese Dinge alle noch selber gebrauchen. Mitten in ihren Ausgrabearbeiten vernahm Becky plötzlich Stimmen aus einer Entfernung. ‚Die Schmalbachjungs', schoss es ihr durch den Kopf. Schnell zog sie von innen die Tür des Verschlags so weit zu, wie sie konnte und lugte aus dem noch verbleibenden Spalt über den Garten hinweg auf die andere Seite. Da strolchten in der Tat die beiden gelangweilten Jungs am Zaun entlang. Ob sie wohl Beckys Geheimnis entdeckt hatten? Sie verhielt sich ruhig und harrte eine ganze Weile dort aus - eine Ewigkeit, wie es ihr schien, bis sich die Rabauken endlich entfernten. Becky atmete durch und wollte die Tür wieder öffnen. Aber diese hatte sich irgendwie verklemmt, und nur mit Mühe schaffte sie es, sie noch ein wenig mehr zu öffnen, allerdings zu wenig um hindurchgelangen zu können. Sie bekam es ein bisschen mit der Angst zu tun. Sie überlegte, um Hilfe zu rufen und mit den Fäusten gegen das Holz zu trommeln. Aber weit hinten wähnte sie noch immer die Jungs, und vor denen wollte Becky sich auf keinen Fall eine Blöße geben. Ihre Fundgrube würde sich herumsprechen und sicher auch den Eierköpfen zu Ohren kommen; und die machten vor keinem Grundstück Halt - dachte Becky jedenfalls. So wartete sie lieber noch ein wenig in ihrem Häuschen, in welchem es recht stickig wurde. Sie suchte intuitiv nach einem Lichtschalter neben der Tür. Diesen fand sie nicht,

dafür aber eine Doppelsteckdose, aufmontiert am Tür-
rahmen. ‚Die Lampe!‘, fiel es Becky ein, und sie griff nach
dem alten Ding, an welchem sich ein ganz normaler Stecker befand. Wie hatte ihr Vater ihr eingetrichtert? „Alte
Geräte niemals einfach so in die Steckdose stecken! Das
kann einen Kurzschluss geben, oder du bekommst gar einen elektrischen Schlag.“ Nachdem Robert ihr dann noch
ziemlich genau den Schmerz und die Lebensgefahr, die
davon ausgehe, beschrieben hatte, galt dies seither für
Becky als unbrechbare Regel. Aber nun befand sie sich in
einer kleinen Notlage, und die Glühlampe im Schirm sah
völlig intakt aus. Also überwand sie sich, stellte das Teil
auf den Boden, und am langen Arm steckte sie schnell
den Stecker in die Steckdose und ließ ihn mit
zusammengekniffenen Augen ebenso fix wieder los.
Nichts passierte, kein Schmerz, kein Schlag im Rücken.
Becky öffnete die Augen und freute sich. Die Lampe
brannte und zwar ziemlich schön - so richtig passend zu
einem dunklen Gewitter in einem gemütlichen Zimmer.
Dann fiel ihr Blick auf das scheinbar unversehrte Kabel
des Plattenspielers. Sie biss sich auf den Lippen herum.
Natürlich hätte sie warten können, bis ihr Vater das Gerät
überprüft hätte. Das wäre sicher ein Klacks für ihn gewesen, aber zwei Gründe sprachen dagegen. Zum einen
wusste Becky nicht, ob Frau Berger ihr das Gerät überlassen würde und zum anderen: Warum sollte nicht auch ein
zweites Mal funktionieren, was gerade schon einmal ohne
negative Folgen blieb. Es reizte Becky einfach zu sehr.
Beherzt stellte sie sich den Spieler auf den Boden neben
die Lampe, nahm den Stecker und führte diesen an die
zweite Steckdose heran. ‚Soll ich?‘, dachte sie noch einmal, und mit einem mutigen Stoß drückte sie den Stecker

hinein. Noch ehe Becky bemerkte, dass sie dieses Mal gar nicht die Augen zugeschlossen hatte, machte ihr ein heller Blitz das mit einem lauten Knall schlagartig klar. Das Licht ging aus, Becky machte zu Tode erschrocken einen Satz nach hinten und wusste im folgenden Augenblick überhaupt nicht, wie ihr geschah. Ein dünnes und morsches Holzgitter verlor sich krachend unter ihren Füßen, und sie sackte ein ganzes Stück in die Tiefe, dann noch eins, und sie fand sich auf ihrem Hinterteil sitzend wieder. War das etwa der gefürchtete Stromschlag? Becky musste schlucken und konnte das Klopfen ihres Herzens richtig spüren. Sie schaute um sich, aber alles um sie herum schien verschwunden. Dunkel war es, bis auf das schwache Licht, welches von oben kam. Dann dämmerte es ihr allmählich. Sie saß in einem Loch, einem richtigen Loch. Becky spürte sofort die Kühle, die sie umgab. Sie wusste gar nicht so recht, was da passiert war, zu sehr steckte ihr der Schreck noch in den Gliedern. Schmerzen hatte sie keine, und auch sonst schien alles noch an ihr dran zu sein. Sie erhob sich langsam und tastete an sich herum. Das Hinterteil ihrer Hose war dreckdurchfeuchtet. Im linken Hosenbein klaffte ein langer Riss, vermutlich verursacht durch eine der eingebrochenen, zersplitterten Holzlatten, aber die Haut darunter blutete nicht. Becky musste ziemlich tief gefallen sein, denn ihr Kopf reichte kaum bis an den Rand des Loches heran. Nun bekam sie es doch mit der Angst zu tun - Schatz hin, Schatz her - also begann sie, um Hilfe zu rufen. Aber das sie umgebende kleine Verließ verschluckte ihre Bemühungen, welche allmählich weinerlich wurden. Dann erfasste ihr suchender Blick einen hohen Blecheimer, der direkt hinter ihrem Kopf am Rand der Grube stand. Sie griff danach und zog ihn zu sich herunter. Nur mit Mühe konnte sie diesen in der Enge unter sich, auf einem weiteren Holzgitter, positionieren. Schließlich stellte sie sich darauf. ‚Geschafft‘, dachte sie. Becky streckte ihre Arme in die Freiheit in der Hoffnung, dort irgendetwas zum Festhalten greifen zu können. Gleichzeitig versuchte sie, sich mit ihren Sandalen an der lehmigen Wand des Loches nach oben zu drücken. Dabei trat sie aber mehr Dreck los als Stufen ein. In dem Augenblick begann Becky sich zum ersten Mal zu hassen dafür, dass sie so dick und schwerfällig war. Im Sportunterricht wurde ihr das jedes Mal gewahr, beim Kampf mit den Eierköpfen ebenso, aber nun wurde es ihr so richtig bewusst. Mit einem willensstarken, wenngleich behäbigen Versuch, gelang ihr schließlich ein Befreiungsstoß nach oben, wobei sie den Eimer auf dem Gitter mit dem Fuß noch ein Stück tiefer drückte. Kaum dass sie sicher auf dem Boden des Verschlages angelangt war, vernahm sie hinter sich ein lautes Poltern und blechernes Plumpsen. Erschrocken wagte sie einen erneuten Blick in die Tiefe, aber der Eimer war nicht mehr da, und sie konnte nicht bis auf den Boden schauen. Becky ahnte, was das bedeutete. Um ein Haar wäre sie wahrscheinlich für immer tief im Erdinneren verschwunden. So geschockt wie sie war, so stolz fühlte sie sich doch auch, sich selbst aus ihrer Lage befreit zu haben. Dort, wo sich vorher Angst breit gemacht hatte, befiel das Mädchen nun das Gefühl, eine große Entdeckung gemacht zu haben. Sie fand sich auf einmal richtig gut und hatte in der Tat plötzlich die Kraft, die Schuppentür weit genug aufzudrücken, um hinauszugelangen.

Es war bestimmt schon sehr spät. Robert hatte zwar noch nicht gepfiffen, aber vielleicht hatte Becky das Signal in ihrem Loch ja auch überhört, und er würde sich Sorgen machen. Da allerdings weder Frau Berger noch er den Weg zu ihr herauf gefunden hatten, schien alles wieder normal zu sein - über der Erde. Auch auf Herrn Jonas' Grundstück war Ruhe eingekehrt. Lediglich Beckys kaputte und verdreckte Hose würde einen gewissen Erklärungsbedarf aufwerfen. Becky verstaute ihre Fundstücke sorgsam unter alten Lappen im Verschlag, gleichwohl wollte sie sich aber trauen, Frau Berger um die Überlassung des schicksalhaften Plattenspielers samt der Tischlampe zu fragen. Ersterer war ja nun doch offensichtlich kaputt. Das Loch weiter hinten im Schuppen deckte Becky mit ein paar alten Brettern zu, die sie hinter dem Verschlag aus dem Gras gezerrt hatte. Ihr neues Geheimnis sollte schließlich niemand so schnell entdecken. Gleich am nächsten Tag, wenn sie aus Trierer zurück wäre, würde sie das Loch mit ihrer Taschenlampe genauer untersuchen. Nachdem sie sich die gröbsten Dreckbrocken von der Hose und ihrem T-Shirt abgeklopft hatte, machte sie sich mit ihren Schätzen unter dem Arm auf zu Frau Bergers Haus. Diese erschrak gehörig, als sie Becky doch ein wenig verändert vor der Haustür empfing.

„Kind, wie siehst du denn aus? Sag, ist dir was passiert? Haben die Jungs dich wieder überfallen?"

„Nein, nein, Frau Berger, machen Sie sich keine Sorgen … ich bin nur … em, von einem der Pflaumenbäume gefallen. Hab mir aber nichts getan. Ist alles gut. Nur ein bisschen dreckig geworden."

„Bist du sicher?" Frau Berger nahm Becky ihre Version vom Hergang der Dinge offensichtlich nicht ganz ab. „Du bist ja wohl nicht alleine aus dem Gartentor in den Wald hinein? ..."

„Nein, ganz bestimmt nicht, Frau Berger, das hat Dad mir schon verboten", antwortete Becky guten Gewissens, denn im Wald war sie ja wirklich nicht gewesen. „Em ... ich wollte mal fragen ob ich ..." Sie hielt der Frau die entdeckten Altertümer hin.

„Ach nein, wo hast du das denn gefunden? War das etwa im Schuppen?" Becky nickte und befürchtete schon, Frau Berger würde ihren Fund freudestrahlend wieder in Empfang nehmen wollen. „Ich dachte, ich hätte die ollen Klamotten längst auf den Sperrmüll geworfen ... ich werde alt", fuhr sie fort. „Willst du das mitnehmen?"

Becky nickte erneut: „Wenn ich darf?"

„Na meinetwegen, aber schließe das Grammophon nicht an, das Gerät verursachte zuletzt immer einen Kurzschluss. Hier ist eben auch aus irgendeinem Grund die Haussicherung rausgeflogen. Passiert schon mal in alten Häusern."

„Ich weiß", verplapperte Becky sich, „ich meine, so sieht der Apparat auch aus ... dass er einen Kurzschluss macht." Sie druckste herum, dann traute sie sich zu fragen, ob sie am nächsten Tag wiederkommen dürfe.

Frau Berger kicherte. „Du scheinst wohl nicht nur diese Sachen da gefunden zu haben, wie? Aber komm ruhig. Ich mag, wenn jemand Nettes in meiner Nähe ist. Du erinnerst mich ein wenig an meine Tochter, wie sie früher war. Sie lebt jetzt mit ihrer Familie in Hamburg. Sie hat auch immer gerne auf der großen Wiese gespielt ... ja, komm nur, wenn dein Vater nichts dagegen hat."

„Danke", strahlte Becky, und sie machte sich stracks nach Hause.

Robert hingegen war alles andere als beglückt, seine Tochter mit zwei neuen Stücken Ramsch an der Haustür begrüßen zu müssen; dies umso mehr, als er den Zustand ihrer Kleidung erblickte.

„Das ist kein Ramsch", empörte sich Becky, „der geht bestimmt noch, wenn du mal reingucken magst?"

„Maus, wenn ich viel Zeit hab, ja? Im Moment habe ich Einiges um die Ohren."

„Aber behalten darf ich das?"

„Ja, sicher doch, nur lege es mir nicht in die Füße … Und deine Hose? Die ist wohl hin, was? Na, komm erst mal rein und wasch dich … ich mache gleich Abendessen … Sitze gerade über einem schwierigen Plan, den ich morgen in Trier abgeben muss." Robert verschwand mit Stiften und einem Wust von Papier im Wohnzimmer. Becky wusste, was das bedeutete, nämlich dass er das Abendessen glatt vergessen würde.

Die kleine Entdeckerin machte sich für den Abend fertig. Vor ihrer Zimmertür fand sie einen neuen Donald Duck Comic, den ihr Robert regelmäßig mit aus der Stadt brachte. ‚Fein', dachte Becky, ‚damit setze ich mich noch ein wenig ins Baumhaus.' Sie ging im Pyjama hinaus in den Garten und wanderte hoch zu dem großen Pflaumenbaum mit ihrer Baumhütte darin. Ja, so konnte der Abend ausklingen. Sogar noch eine halbvolle Tüte Gummibärchen wartete da in einer kleinen Proviantbox auf ihren baldigen Verzehr. Becky machte es sich gemütlich. Sie hatte gerade zwei Seiten gelesen und war dabei, sich zu vertiefen, da hörte sie ein lautes Klacken auf dem Dach ihrer Behausung; dann noch eins und immer wieder in unregelmäßigen Abständen. Sie streckte ihren Kopf aus der Eingangsöffnung und peng, traf etwas sie an der Stirn. „Mann, was soll das?", rief sie wütend aus und erkannte sofort, dass sie mit noch unreifen, harten Pflaumen bombardiert wurde. Es war ein Leichtes, von dort oben die Richtung, aus welcher die Geschosse herrührten, auszumachen. Die feige Attacke kam, wie kaum anders zu erwarten, von jenseits der Wiese von Ehepaar Walter. Manfreds Brüder waren die Übeltäter, die mit einer Art Schleuder immer wieder die kleinen harten Dinger in Beckys Richtung pfefferten. Zornentbrannt stieg das Mädchen von ihrem Baum hinunter und lief zum Stacheldrahtzaun. „Blödmänner!", schrie sie hinüber, sammelte einige der Pflaumen auf und warf sie zurück, schaffte es aber mit ihren relativ kurzen, dicken Armen kaum bis zur Mitte von Walthers Grundstück. Plopp, Plopp … immer wieder schlugen die Pflaumenrohlinge neben ihr ein. Auf einmal stand Frau Walther direkt vor ihr, als wenn sie einfach so aus dem Boden gefahren wäre.

„Was machst du da, Becky? Warum wirfst du uns eure Pflaumen auf die Wiese? Weißt du eigentlich, was das für eine Sauerei beim Vertikutieren macht? - Überall die Pflaumenmatsche." Frau Walther schien nicht richtig böse, aber doch ungehalten. Becky wurde rot.

„Aber die da haben angefangen."

„Wer?", fragte Frau Walther als wenn sie die einzige Nachbarin weit und breit gewesen wäre.

„Na, die!", zeigte Becky über ihr Grundstück hinweg.

Frau Walther drehte sich um, doch da war kein Mensch mehr auf der anderen Seite. „Ach, da kommt ja dein Vater", meinte sie dann mit einer Art Genugtuungslust und schaute über Becky hinweg. Robert kam zu den beiden. Er wollte seine Tochter eigentlich nur zum offensichtlich doch nicht vergessenen Abendessen abholen.

„Also Herr Thomson", fing Frau Walther gleich an, ohne Becky eine Chance zu geben, die Dinge aus ihrer Sicht zu erklären. „Herr Thomson, es ist ja nichts dagegen einzuwenden, wenn die Kleine hier oben oder auch mal bei uns im Garten mit dem Ball spielt, gell? Aber das hier muss nun wirklich nicht sein." Frau Walther gab sich auf einmal recht entrüstet. Sie hielt Robert mit der einen Hand die Wurfgeschosse hin während sie mit der anderen die Äste des neben ihr stehenden Johannisbeerstrauches zurechtzupfte wie eine wohl ondulierte Frisur.

„Es wird nicht wieder vorkommen", versicherte Beckys Vater ihr und rechtfertigte das Verhalten seiner Tochter, „Becky ist zurzeit etwas durch den Wind … das heiße Wetter …"

„Und überhaupt", redete die Nachbarin einfach weiter, als ob Robert gar nichts gesagt hätte, „mit dem Pyjama um acht Uhr abends hier draußen … das ist doch nichts."

„Nein, nein, Sie haben schon Recht, Frau Walther." Robert nahm Becky bei den Schultern. „Komm jetzt, Maus, es ist auch wirklich schon spät. - Ich wünsche Ihnen und Ihrem Mann noch einen schönen Abend, Frau Walther."

Sich verkannt und ungerecht behandelt fühlend, schlappte Becky neben ihrem Vater hinunter zum Haus. „Mann, Dad, die Eierköpfe haben wirklich angefangen und mir Pflaumen aufs Baumhaus geschmissen."

„Ja, sicher, und morgen schießen sie mit Raketen. So weit können die doch von da gar nicht werfen. Außerdem sollst du sie nicht so nennen, Becky … gib mal einfach zu, dass dich der Hafer gestochen hat und gut ist es. Und hetz uns nicht unnötig die Nachbarn auf den Hals."

„Aber wenn 's doch so war!"

„Aus jetzt! Iss dein Abendbrot, und dann ab ins Bett. Wir haben morgen einen langen Tag vor uns."

Etwas unwirsch schob Robert seine Tochter zur Haustür hinein. „Ich glaube manchmal, Becky, es tut dir gar nicht gut, dass du immer so alleine durch die Gärten streichst. Ich werde mir was einfallen lassen müssen, um dich nachmittags sinnvoll zu beschäftigen - irgendeinen Verein oder so etwas", schloss Robert sein Urteil über die Sache ab, um sich gleich wieder seinen Plänen zu widmen. Becky hatte keinen Hunger mehr und war sauer. Sie brauchte keinen Verein, und sinnvoll beschäftigt war sie ohnehin. Lustlos aß sie eine Schnitte. Danach verzog sie sich mit einem knappen „Nacht" ohne Gute Nacht Kuss in ihr Zimmer. Noch nicht einmal im eigenen Garten war sie sicher. Eigentlich hatte sie gar keine Lust mehr, mit nach Trier zu fahren. Warum war Robert manchmal so zu ihr, fragte Becky sich, als sie unter ihrer neuen Nacht-tischlampe liegend den Nachmittag erinnerte und sich das Geheimnis des Schuppens zum Verbündeten machte. Ob Harry sie verstehen würde, überlegte sie, er war doch Soldat und kannte sich sicher mit Tricks zum Kämpfen und Wehren aus.

* * *

Am Samstagmorgen schien alles vergessen. Es war zwar noch immer schwül-warm, und Becky hatte in der Nacht ziemlich unruhig geschlafen - das tat sie immer, wenn zwischen ihr und ihrem Vater eine Unstimmigkeit den Tag abrupt beendet hatte -, aber als ihr Dad mit einem leckeren Brötchen-Nussnougat-Frühstück an ihr Bett trat, wusste sie schon, was sie an ihm hatte. Wenig später machten sich die beiden auf den Weg nach Trier in Roberts Opel Rekord, einem Firmenwagen - mit allen Schikanen: Knüppelschaltung, Anschnallgurte und Autoradio. Becky durfte immer vorne sitzen, obwohl die Polizei das nicht so gerne sah. Sie mochte diese Fahrten, denn ihr Vater konnte während dieser Zeit ja nichts anderes tun, als fahren und hatte somit Gelegenheit, Beckys aufkommende Fragen ausgiebig zu beantworten. Dabei hörten sie Radio. Robert war guter Laune, und das hatte seinen Grund. Er hatte am Abend vorher schließlich doch noch alles abarbeiten können. Er versprach Becky, seine Geschäfte zügig abzuschließen. So war der erste Teil der Reise denn auch recht langweilig. In Trier angekommen, parkte Robert den Wagen nahe der Mosel auf einem Firmengelände und meinte wie üblich, dass es am besten sei, Becky warte einfach die 20 Minuten im Auto. Wie immer zogen diese sich, nach ihrer Erfahrung, wieder bis fast zu einer Stunde hin, und in der Hitze des Wagens bekam das Mädchen langsam Kopfschmerzen. Daran änderte auch die Hitparade im Autoradio nichts, die die Wartezeit vertreiben sollte. Wenn Becky erst einmal Kopfschmerzen hatte, dauerten sie meist für den Rest des Tages an. Sie bekam sie fast jedes Mal in Trier, vor allem im Sommer. Robert hatte ihr erklärt, dass das mit dem Kesselklima der Moselstadt zusammenhinge. Obwohl Becky darum wusste, freute sie sich immer auf diese Tour.

„So und jetzt kaufen wir dir ein Kleid", tönte plötzlich Roberts Stimme durch das geöffnete Fahrerfenster. „Hast du Lust? Und im Kaufhaus können wir gleich danach auch lecker Essen gehen." Becky hatte Lust, trotz der Kopfschmerzen, vergaß aber nicht, ihren Vater zu erinnern, dass sie noch einen Abstecher ins Elektronikgeschäft machen wollten - nur mal so zum Schauen. Er versprach es ihr schmunzelnd und wusste, dass es nicht beim Schauen bleiben würde.

Der Kauf des Kleides gestaltete sich allerdings schwieriger als erwartet. Mit Beckys übrigen Kleidungsstücken hatte Robert da keine Probleme. Das passte immer irgendwie oder ließ sich passend machen. Aber ein hübsches Kleid muss auch gut sitzen, wie die Verkäuferin meinte, die sich Beckys Figur skeptisch betrachtete. Sie drehte die Kleine mehrmals hin und her, um dann dem in dieser Sache ratlosen Vater vorzuschlagen, vielleicht doch lieber eine kurze Sommerhose zu kaufen.

„Oder so", meinte er nur achselzuckend zu Becky.

„Och nö!", protestierte sie und zeigte auf ein blaues Mille Fleur Kleid von der Stange. „So eins hat Claudia auch an, und alle sagen, es ist hübsch."

„Ich glaube nicht, dass wir das in deiner Größe da haben", bedauerte die Verkäuferin, und sie schob gelangweilt verschiedene Modelle von einer Seite der Stange zur anderen.

Plötzlich zeigte Becky auf eines, welches dazwischen hervorschaute. „Da, das da, das sieht aus wie das von Frau Berger, das möchte ich gerne haben."

„Becky, so etwas trug man vor hundert Jahren", mischte sich ihr Vater ein.

Die Verkäuferin lachte. „Ja, Retro war letztes Jahr in - ich weiß auch nicht, warum das Modell noch hier hängt - ist stark reduziert." Diese Aussage bewegte Robert dazu, auf das Preisschild zu schauen, was seine Miene zufrieden stimmte. Hoffnungsvoll zog Becky mit dem Kleid in die Umkleidekabine. Sie wusste zunächst gar nicht, wie sie in dieses einsteigen sollte. Schließlich hatte sie den Bogen raus und stülpte sich das strahlend weiße Stück über. Ihre Arme passten gerade so durch die Ärmel, aber als Becky den Rest des Kleides an sich herunter ziehen wollte, bemerkte sie schon, dass dies nicht ohne einen merklichen Widerstand ihres Körpers möglich war. Endlich hatte sie es geschafft. Ihre Zehen schauten unter dem bis fast auf den Boden reichenden Weiß recht verloren hervor, und der Druck um ihren Bauch schien ihr die Kopfschmerzen noch mehr hinter die Stirn zu pressen. „Passt doch", murmelte Becky leise zu sich selbst und schlurfte in ihrem Aufzug aus der Kabine. Robert wusste nicht, was er sagen sollte, als sie sich unbeholfen vor ihm hin und her drehte, und die Verkäuferin musste sich ein Lachen verkneifen, womit sie sich einen irritierten aber nicht minder vernichtenden Blick von Becky einhandelte.

„Maus, ich glaube das ist wohl etwas zu lang für dich, oder?", gab Robert zu bedenken.

„Wieso?", kam es spontan von Becky zurück, als ob sie sich schon ohne wenn und aber für das Kleid entschieden hätte. „Ich wachse ja noch, und dann gucken meine Beine unten länger raus."

„Man könnte es natürlich kürzen", schlug die Kaufhausangestellte halbherzig vor ... aber das ist wohl weniger das Problem."

„Das wächst sich aus, hat Dr. Drilling gesagt." Becky zog den Bauch ein. „Und irgendwann passt es dann. - Die anderen gibt es ja auch nicht in meiner Größe …"

„Maus … also weißt du …"

„Bitte Dad", bettelte Becky.

„Na ja, bei dem Preis kann man nicht viel verkehrt machen …"


Becky war glücklich. Ihr erstes Kleid passte ihr überhaupt nicht, und doch war es für sie ein Symbol für ein Dazugehörigkeitsgefühl, ohne ihre Eigenheit aufgeben zu müssen. Sie wusste, dass sie das begehrte Stück für sehr lange Zeit und vielleicht sogar niemals anziehen würde - aber sie war gewappnet für alle Fälle. Stolz würde sie Frau Berger davon am Nachmittag berichten. Nach einem Kinderteller Rahmschnitzel mit Pommes und einer großen Coke, was in Dr. Drillings Augen hinsichtlich Beckys Figur sicher ungeeignet war, machten Vater und Tochter sich auf den Weg zum Elektronikhandel. Dort hätte sie am liebsten den ganzen restlichen Nachmittag verbracht. Sie kannte das weitläufige Geschäft quasi auswendig. Ihr Vater kaufte manchmal ein paar Utensilien für seine Versuche. Becky schlenderte währenddessen zwischen den Regalen umher und betrachtete sich ausgiebig die modernen Neuheiten. Sie fand das interessanter als Museums- oder Zirkusbesuche mit der Schule. Die große Kaufhaustüte fest an ihrer Hand, schlich sie wieder durch die Gänge bis ihr Blick auf einmal an etwas kleben blieb. Vor ihr, in einem Vitrinenfenster, präsentierte ein aufgeklapptes Metallköfferchen seinen Inhalt: Elektronikwerkzeug für Hobbyelektroniker. Beckys Augen weiteten sich. Es schien der Tag der niedrigen Preise zu sein, denn auch an diesem Teil prangte ein Schild mit der Aufschrift ‚Sonderangebot'. Nur ungern rückte Robert seine eigenen Schraubenzieher, Zangen und den Lötkolben heraus, wenn Becky ihre angeschleppten Gerätschaften zerlegen wollte. Aber dieser Kasten beinhaltete alles, was ihr Herz diesbezüglich je begehren könnte. Sie winkte ihren Vater, der sich gerade etwas erklären ließ, zu sich heran und drückte ihren Zeigefinger auf die Scheibe. „So etwas habe ich mir immer schon gewünscht", sagte sie und schaute fragend zu Robert auf. „Nur 30 Mark und da ist auch ein Lötkolben dabei."

„Puh … Becky, nur 30 Mark? Auch noch eine Menge Geld … so einfach zwischendurch", bemerkte Robert eher ablehnend. Der Fachverkäufer, der ihn zuvor noch beraten hatte, trat hinzu und unterbrach die beiden. „Entschuldigen Sie Herr Thomson, ich habe das gerade noch einmal durchgerechnet … schauen Sie mal; auf die Schalttafel könnte ich Ihnen einen satten Rabatt geben, wenn sie mir den Firmennachweis nachreichen."

„Em … ehrlich?", wunderte sich Robert, sichtlich wegen irgendetwas erleichtert, das seine Tochter nicht verstand. „Das ist ja toll … ja … dann machen wir das doch so … ach noch etwas, könnten Sie mir diesen kleinen roten Werkzeugkoffer aus der Vitrine nehmen?"

Beckys Augen leuchteten, was auch immer der Mann mit ihrem Dad gemacht haben mochte.

Der Tag war gerettet, die Kopfschmerzen erträglicher geworden und die mittlerweile wieder stark angestiegene Hitze nur noch eine lästige Gewohnheit. Becky zog mit ihrem Vater davon in Richtung Parkplatz. Rechts und links an den Händen hielt sie ihre Plastiktüten; die eine weich und leicht und die andere wesentlich schwerer und durch den Inhalt kantig verformt. Aber sie wollte sie unbedingt selbst tragen. Sie freute sich abwechselnd an ihren beiden Einkäufen und fand es witzig, wie unterschiedlich die beiden Tüten neben ihr her baumelten. Die Ecken des Köfferchens piksten sie dabei sogar manchmal in die Wade. Wie sie so buchstäblich hin- und her überlegte, spürte sie auf einmal eine seltsame Empfindung. Das Glück über den Werkzeugkoffer erschien ihr anders als die Freude über das neue Kleid. Gleichzeitig erzeugte dieser undefinierbare Unterschied den Hauch einer Unzufriedenheit in Becky, als wenn das, was sie soeben errungen hatte, sich gegeneinander zur Wehr setzen wollte. Schließlich erreichten Vater und Tochter das Auto, und Becky hoffte nach diesem gelungenen Abschluss, ihr Vater hätte nichts gegen einen neuerlichen Besuch auf dem Grundstück von Frau Berger.

„Was willst du denn da immer?", rätselte Robert, als er gemütlich mit Becky nach Hause tuckerte. „Außer Wiese ist doch da nichts … du gehst von dort ja nicht in den Wald?"

„Nein, niemals … großes Ehrenwort, Dad. Ich mache mich auch bestimmt nicht mehr so dreckig wie gestern."

„Na, ich weiß nicht. - Dass mir keine Klagen von Frau Berger kommen. Das gestern Abend mit Frau Walther hat mir schon gereicht."

„Hast du Angst vor den Nachbarn, Dad?", fragte Becky direkt.

„Angst? Wie kommst du denn darauf? Nein. Jedenfalls nicht, solange du keinen Unsinn baust." Robert schien etwas abgelenkt. - Plötzlich machte er eine Vollbremsung am Ortseingang ihres Städtchens. „Mann! Kann denn der nicht aufpassen!?"

Becky erschrak, dann sah sie die Ursache für Roberts unerwarteten Halt. Harry lief vergnügt mit Kopfhörerbeschallung knapp vor der Kühlerhaube vorbei. „Hier ist kein Zebrastreifen und nichts", regte sich Beckys Vater weiter auf und rief aus dem Fenster: „Sie haben vielleicht Nerven!"

Harry drehte sich um, zog den Kopfhörer ab, schaute zwischen sich und den Wagen und meinte: „Hey cool it, Man!" Dann erblickte er Becky im Fahrzeug. „Hi girl … sorry … didn't see ya." Becky lachte und war froh, dass nichts passiert war. Dann schlug sie ihrem Vater vor: „Sollen wir ihn nicht mitnehmen? Die Straße ist doch so lang."

„Den?", kam es von ihm überrascht zurück.

„Das ist Harry. Der ist total nett …"

„Ich habe dir doch gesagt …"

„Och komm, Dad, …", bat ihn Becky mit Oberwasser im Gesicht.

"Na, ausnahmsweise." Robert rief dem schon wieder abdrehenden jungen Mann zu: „Wanna have a lift?"

„Great, thanks …" Harry stieg hinten ein. „I'm Harry", stellte er sich kurz Beckys Vater vor.

„Thomson, Robert Thomson - Soldat?"

„Yeah, US Army."

Harry grinste vor sich hin, und eine etwas betretene Stille trat im Auto ein. Dann bremste Robert noch einmal vor dem Stadtbäcker ab. „Muss nur gerade ein Brot rausholen. Bin sofort wieder da." Er verließ den Wagen.

„Hab ik dein Dad geschreckt, was?", bemühte Harry seine Brocken Deutsch.

„Ja, ja", winkte Becky ab, die den Ernst der Verkehrs-
lage nicht recht beurteilen konnte. „Da war ja noch Platz
dazwischen." Dann wies sie stolz auf ihre zwei Plastiktüten hin und zupfte aus der einen etwas Stoff des Kleides
heraus.

„Wow ... eine weise Sommarkleid." Becky nickte und
fühlte sich ob Harrys ungekünstelter Begeisterung bestä-
tigt. „Hat meine kleine Sister au - ist viel junger als ik."
Harrys Augen wurden wehmütig in seinem freundlichen,
dunklen Gesicht. „But music helps", fügte er dann hinzu
und zeigte auf seinen Walkman. „Is aba irgendwas kaput
dran - hier hör ma."

Becky nahm das Gerät in die Hand und betrachtete es
sich fachmännisch. Sie setzte den Kopfhörer auf und
schaltete es ein. „Klingt dumpf", meinte sie sofort.
„Musst du reinigen."

„Habe schon gemakt. Geht aba nix."

„Dann ... dann", überlegte Becky weiter und hatte
eine Idee. „Ich kann es dir reparieren, ganz bestimmt."

„Wow, wirklik?", rief Harry erstaunt aus.

Becky nickte siegesgewiss. Kann ich dir morgen wieder geben."

„Morgen is nikt gut. Muss auf Übung fur drei Woken.
Und dann mak ik dir einen Kuken, ok? -Bin namlik Ba-
ker."

„Du bist Bäcker? Ich dachte Soldat."

„Nur nok zwei Jahre. Dann gehe ik zuruck in die Staa-
ten - zu mein Familie and Sisters."

‚Hm, Kuchen', dachte sich Becky, ‚ja das ist der rechte
Lohn für eine überaus interessante Reparaturarbeit.'

Robert kehrte zurück - mit einem Vollkornbrot. Die
Mahnung von Dr. Drilling schien erste Blüten zu treiben,

denn sonst gab es fast ausschließlich Toast und Weißbrot zu Hause, oder Brötchen.

Nachdem die beiden Ausflügler ihren Fahrgast abgesetzt hatten und schließlich nach Hause zurückgekehrt waren, verstaute Becky ihre Dinge samt Harrys Walkman sorgsam in ihrem Zimmer. Sie würde sich alledem später widmen. Zuvor wollte sie allerdings noch Frau Berger einen Besuch abstatten, oder besser gesagt ihrem Garten. Es war am späten Nachmittag, die Sonne knallte immer noch erbarmungslos vom Himmel, und die Temperaturen lagen in einem Rekordbereich jenseits der 30 Grad Marke. Robert machte sich ein wenig Sorgen um Beckys Gesundheit. Sie sah etwas blass und mitgenommen aus, hatte gar nicht mehr die roten Wangen, die ihr Gesicht sonst so prall wirken ließen, und sie fröstelte ein wenig trotz der Wärme. Er befürchtete, dass sie etwas ausbrüten könnte. Becky aber bestand auf ihrem Kurztrip bei Frau Berger; viel zu sehr geisterten ihr seit dem vergangenen Abend wilde Ideen durch den Kopf, was es denn mit dem ominösen Loch im Schuppen auf sich haben könnte. Sie nahm sich ihre Taschenlampe mit und machte sich neugierig auf den Weg. Frau Berger war nicht zu Hause, als Becky klingelte, aber das machte ihr nichts. Die Dame hatte bestimmt nichts dagegen, wenn sie trotzdem einfach weiter in den Garten marschierte. Ihr Vater hingegen hätte ihr das bestimmt nicht erlaubt, aber er musste ja nicht alles wissen. Der Verschlag schien unverändert, und auch die Bretter, die Becky über dem Loch ausgelegt hatte, lagen noch so, wie sie sie angeordnet hatte. Sie leuchtete ein wenig in dem warmen Raum umher. Dann machte sie sich daran, das Loch wieder freizulegen. Sie war plötzlich ganz außer Atem, vielmehr als üblich nach solcher Tätigkeit, und anstatt zu schwitzen, war ihr nun ungewöhnlich kalt auf der Haut. Außerdem fühlte sie sich irgendwie schlapp. Die Neugier siegte schließlich: Becky legte sich vor dem Loch auf den Bauch, um ja nicht hineinzustürzen, und sie leuchtete mit der Lampe so tief hinunter, wie ihr Arm reichte. Zunächst konnte sie nicht viel ausmachen außer der runden Wand des Schachtes, welche nach unten hin immer gleichmäßiger und glatter wurde. Sie entdeckte Stufen aus Holz darin, die nach oben hin allerdings gänzlich hinter der Erde verschwanden. Mehr und mehr gewann Becky einen Eindruck über die wahre Dimension des Loches. Dann traf ihr Blick auf den Boden samt einem großen Haufen Erde und dem in die Tiefe gestürzten Eimer.

„Haaalo!", rief Becky in das Loch, und es hallte von unten schauerlich hoch. Zudem wirkte der hinab strahlende, umherwandernde Lichtkegel der Taschenlampe gespenstisch. Wenn sie die oberen Stufen mit einer Schaufel wieder frei machen würde, überlegte sie, dann könnte man da glatt hinuntersteigen. Eine leichte Kühle umgab Beckys hinabreichenden Arm und streifte ab und an ihr Gesicht. Normalerweise hätte sie dies angesichts der gegebenen Wetterumstände durchaus erleichternd empfunden, aber da sie ohnehin ein fröstelndes Gefühl beschlichen hatte, fand sie es unangenehm feucht. Das war auf jeden Fall mehr als ein einfaches, tiefes Loch - so viel stand fest. Allerdings fühlte sich das Mädchen nicht mehr in der Lage, noch weiter darüber nachzudenken, zu mulmig wurde ihr mit einem Mal. Mit letzter Kraft zog sie ihren Arm mit der Lampe aus der Tiefe, drehte sich auf den Rücken und schaute in die Luft. Was war das nur? So schnell konnte man doch gar nicht müde werden … und dieses plötzliche Loch im Bauch, ganz anders als ihr Hunger sonst … Becky versuchte, aufzustehen. Es gelang, aber sie konnte sich kaum auf den Beinen halten, als sie aus dem Verschlag wankte, ohne ihrem Fund eine weitere Beachtung zu schenken. Sie dachte auf einmal an die leckeren, süßen Beeren auf der anderen Seite der Wiese und verspürte ein starkes Verlangen danach wie sonst selten nach Obst, es sei denn im Zusammenhang mit Kuchen oder Teilchen. Zittrig erreichte sie die kleinen Waldbeersträucher und ließ sich zwischen ihnen nieder. Dann stopfte sie sich wie eine Weltmeisterin eine Beere nach der andern in den Mund, und sie spürte, wie ihr das nach und nach gut tat und sie sich genau so schnell wieder wohl fühlte, wie sie auch abgebaut hatte. Sie atmete durch, sogar ihre Kopfschmerzen waren fast verschwunden. Noch ganz verstört saß sie am Zaun herum, bis auf einmal das obere Gartentor geöffnet wurde und Frau und Herr Walther sich vorsichtig näherten. Sie machten gerade ihren üblichen Abendspaziergang rund um das Wohngebiet.

„Becky? Du?", sprach Frau Walther die Kleine an und erschrak, als sie ihren blau verschmierten Mund sah.

Becky schaute ein wenig lethargisch zu ihr auf. „Ja, ich habe hier gespielt - aber ich darf das. Und mir war plötzlich schlecht, und ich musste ein paar Waldbeeren essen."

„Es ist wohl besser, wir bringen dich jetzt zu deinem Vater. - Ist alles in Ordnung mit dir? Du siehst so blass um die Nase aus."

„Ich glaube schon." Becky stand auf. Ihr war nicht mehr ganz so arg wackelig in den Beinen. Sie ließ sich anstandslos von den beiden Pensionären den Garten hinunter führen, und diese begleiteten sie dann auf direktem Weg nach Hause, ohne dass Frau Berger etwas davon mitbekam.

Auch Robert bekam einen Schreck, als seine Tochter kurz daraufhin vor der Haustür stand. Er bedankte sich vielmals bei Walthers, die mit ernsten Mienen abzogen. „Was hast du denn gemacht? Dein ganzer Mund ist total blau, schau mal in den Spiegel. Und was sollen jetzt die Walthers denken? Hast du gesehen, was für Gesichter sie gemacht haben?"

„Ist doch egal, wie die gucken." Becky grinste und meinte dann weiter: „Das kommt wohl von den Waldbeeren, die ich bei Frau Berger gegessen habe … eine ganze Menge … weil mir plötzlich so komisch war und ich mich hinlegen musste."

„Ich habe dir ja gesagt, sei vorsichtig mit dem Kreislauf bei der Hitze …"

„Nein Dad, diesmal war es so anders. Ich bin ganz müde geworden und musste einfach liegen und fast die Augen zumachen … bis ich Hunger bekam, der tat richtig weh im Bauch. Die Waldbeeren haben das Gefühl dann weggemacht." Becky erwähnte nicht den Schacht, den sie entdeckt hatte. Robert hätte ihr sonst bestimmt verboten, wieder dort hin zu gehen; sie hatte insgeheim den Verdacht, dass ihr Zustand etwas mit ihrer Entdeckung zu tun haben könnte - vielleicht verursacht durch geheime Kräfte tief unter der Erde. Becky war noch immer müde und hungrig. Sie schlang regelrecht zwei Nussnougatbrote hinunter und trank ein großes Glas Kakao dazu. Danach schickte sie ihr Vater sofort ins Bett, und dass sie dieser Aufforderung anstandslos folgte, stimmte ihn nachdenklich.

Am Sonntag hatte Becky keine rechte Lust, auf Entdeckertour bei Frau Berger zu gehen. Zwar fühlte sie sich wieder völlig wohl, wie sie ihrem Vater versicherte, aber insgeheim hatte sie ein wenig Angst, dass sich das seltsame Ereignis vom Vorabend noch einmal wiederholen könnte. Dennoch, die Neugier war groß, und Becky würde ihr sicherlich nicht allzu lange widerstehen können. So zog sie es vor, sich in ihrem Baumhaus zunächst mit Harrys Walkman zu befassen, nachdem sie sich vergewissert hatte, dass keine Störenfriede in anderen Gärten herumlungerten. Der Walkman war ein Wunderding in ihren Augen. ‚Der war bestimmt nicht billig', dachte Becky, und sie traute sich kaum, daran herum zu hantieren. Dennoch wusste sie genau, woran der schlechte Klang des Gerätes lag. Sie musste lediglich an einer winzigen Justierschraube drehen - eine Kleinigkeit für die Technikinteressierte. Das Gleiche hatte sie schon ein paar Mal an ihrem eigenen Recorder erledigt. Innerlich mit Stolz erfüllt, gelang ihr dann auch der simple Handgriff - natürlich mit einem Schraubenzieher aus ihrem neuen Werkzeugkoffer. „Wow!", rief sie laut aus, als sich der Klang ihrer Lieblingsmusik klar und deutlich über den Kopfhörer in ihren Ohren ausbreitete. Am liebsten hätte sie das tolle Teil behalten, aber das ging natürlich nicht. Behutsam probierte sie es eine Weile aus, bis sie durch den Pfiff ihres Vaters aus ihrer stillen Begeisterung herausgerissen wurde. Sie legte das Gerät kurz in ihrer Werkzeugkiste ab, kletterte den Baum hinunter und rief ihrem Vater zu. Der winkte sie zu sich, und er war nicht allein. Frau Berger war vorbeigekommen, um sich nach Becky zu erkundigen, nachdem ihr Frau Walter morgens in der Kirche von dem Zwischenfall berichtet hatte. Sie brachte ein ganzes Milcheimerchen voll Waldbeeren mit - damit es der Kleinen bald besser gehe, wie sie meinte. Becky freute sich und stibitzte sich gleich ein paar heraus. Robert wollte sich erkenntlich zeigen und schlug Frau Berger vor, doch auf einen Kaffee zu bleiben. Unterdessen kehrte Becky zurück zu ihrem Baumhaus. Dort erwartete sie allerdings eine unangenehme Überraschung. Sie war sich sicher, Harrys Walkman in ihrem Köfferchen abgelegt zu haben, aber da war er nicht mehr. Hektisch schaute sie unter den anderen Dingen, die sie dort so gelagert hatte, umher, aber der Kassettenspieler blieb verschwunden. Becky wurde ganz heiß im Gesicht. Es konnte nur einen Grund für diesen Verlust geben: Ein Dieb musste sich das Ding in der Zwischenzeit geschnappt haben - ein Dieb, der sie beobachtet hatte; und da kamen eigentlich nur die üblichen Verdächtigen in Frage. ‚Wenn das Harry erfährt', ging es ihr durch den Kopf. In ein paar Wochen müsste sie es doch zurück geben. Becky schaute aus ihrer Behausung die Leiterstufen hinab ins Gras, ob das Gerät vielleicht doch bei ihrem Abstieg aus Versehen hinabgefallen war, aber dort war nichts bis auf … Etwas rötlich Schillerndes schimmerte zwischen den Halmen hindurch. Becky begab sich nach unten und hob es auf: Es war ein ungewöhnlich großes Taschenmesser. Der oder die Diebe mussten es bei ihrer Aktion verloren haben. Das Mädchen spielte ein wenig daran herum, bis die Klinge plötzlich schlagartig hervor schoss. Becky erschrak, denn es sah sehr gefährlich aus. Auf jeden Fall war es ein wichtiges Pfand, welches sie nicht so ohne Weiteres herausgeben wollte. Nein, sie entschloss sich sogar, es für immer zu behalten. So eine Gemeinheit musste bestraft werden. Vorsichtig betätigte sie erneut den Schnappmechanismus des Messers, woraufhin die Klinge wieder im Schaft verschwand. Becky war wütend, wütend und traurig zugleich. Harry würde sich bestimmt nie mehr mit ihr abgeben, oder schlimmer noch, sie verdächtigen, unter dem Vorwand eines Diebstahls das edle Gerät für sich behalten zu wollen. Und an den daraufhin zu erwartenden Ärger mit ihrem Dad wollte sie gar nicht denken. So ganz allmählich mochte Becky ihr Baumhaus und den oberen Garten nicht mehr. Waren es sonst nur hier und da die Schmalbachjungs, die zündeln wollten, drohte nun offensichtlich immer öfter Gefahr von der anderen Seite. Es hatte wahrscheinlich auch keinen Zweck, diese neue Katastrophe, die Becky nun zusätzlich Kumpel Harry kosten würde, ihrem Vater zu unterbreiten. Seine Reaktion schien dem Mädchen ohnehin vorhersagbar zu sein. Die Kleine wischte sich ein paar Tränen von der Wange, packte das Werkzeugkästchen zusammen und verließ ihre so sicher geglaubte Burg.

„Geht es dir noch immer nicht gut?", fragte Robert seine Tochter beim Mittagessen - einer missglückten und salzlosen Erbsensuppe.

„Doch, doch, alles in Ordnung, Dad. Habe nur keinen Hunger." Becky schob den Teller von sich und verabschiedete sich in ihr Zimmer. Dort nahm sie sich aus ihrem geheim angelegten Süßigkeitenvorrat einen Nussnugatriegel und legte sich damit auf ihr Bett. Ihr weißes Sommerkleid hatte sie sich mit einem Bügel an die Wand gehängt, wie ein Bild … nur, um es zu betrachten. Es passte so ganz und gar nicht zu den übrigen Dingen, die da an der Wand hingen oder auf ihrem Regal aufgestellt waren: Bilder mit allerlei technischen Abbildungen und von Becky wiederhergestellte ausrangierte, kleinere Gerätschaften zierten den Raum. Jedes einzelne hatte seine eigene Geschichte der Entdeckung und der Freude damit. Das Kleid hing so verloren dazwischen, wie ein Fehler in Beckys Welt, der sie zugleich sehnsüchtig machte. Wie gerne hätte sie jetzt in dieses Kleid gepasst, überlegte sie, als sie so da lag und sich den Schokoriegel einverleibte. Dann wäre sie ganz jemand anderes. „Irgendwann passt es mir", flüsterte sie leise, schon ein wenig mit trotzigem Unterton und mit einem kräftigen Biss in ihren Riegel.

Nachdem Becky den verkorksten Sonntag noch einmal überschlafen hatte, erwachte sie mit einem schlagartigen Gedanken: ‚Das ist doch nicht einzusehen!' Sie wollte sich den zusätzlichen freien Tag nicht vermiesen lassen. Dazu war sie zu stolz. Sie dachte an ihr neues Projekt in Frau Bergers Garten, welches sie sowieso bis auf Weiteres von ihrem geliebten Baumhaus ablenken würde. Sie fand, dass es ein guter Tag zum Entdecken war, auch angesichts der vielversprechenden Schäfchenwolken, die an diesem Montagmorgen der Sonne etwas von ihrer Kraft nahmen. Derart selbst motiviert, sprang sie denn auch gleich nach dem Frühstück auf. Viel hatte sie wieder nicht gegessen. Das neue Vollkornbrot schmeckte komisch. Robert hatte zwar versucht, es ihr mit einer ordentlichen Portion Schokoaufstrich schmackhaft zu machen, aber ohne durchschlagenden Erfolg. Stattdessen löffelte Becky lieber ein paar Waldbeeren; die hatten offensichtlich einen gewissen geschmacklichen Eindruck hinterlassen, der das Mädchen animierte, mehr davon zu wollen. Robert hatte nichts gegen den neuerlichen Ausflug, nachdem er Frau Berger einen Tag zuvor etwas besser kennengelernt hatte. Er wunderte sich nur, warum Becky ihre Exkursion ausgerüstet mit Verlängerungskabel und der Grubenlampe ihres Vaters antrat. Sie müsse da was wissen, meinte sie mit gewichtigem Blick und zog davon. Das Taschenmesser hatte sie heimlich mit eingesteckt, konnte man ja immer gebrauchen. Ein solches durfte sie eigentlich gar nicht besitzen - allenfalls mit abgesägter Spitze. Ihr gefundenes aber würde sie niemandem zeigen. Auf dem Weg zu Frau Berger dachte Becky wieder an den verlorengegangenen Walkman, und das machte ihr etwas Angst. Sie hatte ja nichts verbrochen, aber sie mochte Harry auch nicht derart herb enttäuschen müssen. Vielleicht würde sie ihm ja das teuer aussehende Messer als Wiedergutmachung anbieten können - ein schwacher Trostgedanke.

Frau Berger winkte Becky durch, allerdings nicht, ohne ihrer Neugier Ausdruck zu verleihen. „Sag einmal, was willst du denn mit der Lampe da oben?"

„Em … Licht im Schuppen machen … Da ist doch eine Steckdose oder?" Becky tat unwissend.

„Ja, ja", entgegnete Frau Berger erstaunt. „Die gibt es da. - Ich glaube, es ist besser, ich komme ab und zu mal nach dir schauen. Nicht, dass dir noch einmal etwas passiert oder du gar in irgendein Loch fällst - hi hi hi."

„Öh … das ist nicht nötig, ich passe schon auf …"

Becky war einerseits beruhigt, dass sie im Falle einer neuen Notlage schnell auf Hilfe hoffen konnte - denn bei aller Neugier steckte auch ein kleiner Hasenfuß in ihr -, andererseits war es ihr nicht besonders recht, dass jemand so früh ihr Geheimnis kannte. Sie würde sicherlich Frau Berger davon berichten - irgendwann, nämlich dann, wenn sich herausstellen würde, dass das, was sie da tat, nichts Verbotenes war.

‚Mit Licht geht doch alles viel besser', überlegte Becky, als sie Roberts Lampe einschaltete. Diese schien sehr hell und war genau für solche Zwecke geeignet. Nachdem Becky das Grubenlicht an der Verlängerungsschnur angeschlossen hatte, atmete sie tief durch. Nun wurde es spannend. Sie hing die Lampe an einen Haken in der Wand und konnte so ganz gut in den oberen Bereich des Schachtes schauen. Sie nahm sich die Schaufel, die sie schon zuvor dort ausgemacht hatte, und begann, in der Erde zu stochern, wo sie die noch verborgenen Stufen vermutete - allerdings nicht ohne vorher noch einen Blick in den Garten hinunter zu werfen. Dort saß Frau Berger immer noch, und sie machte auch keine Anstalten, nach oben zu kommen. Becky zog die Schuppentür etwas zu und begab sich ans Werk. Sie kratzte und schaufelte eine Menge Erde und Lehm los - und in der Tat, sie legte langsam aber sicher weitere Stufen frei. Sie sah, dass sie voran kam und wurde immer eifriger. Dann machte sie eine Pause, um ihre Arbeit zu begutachten. Die schon ziemlich verrotteten Stiegen schienen nicht gerade von der stabilsten Sorte, waren aber je von einer Eisenstange durchdrungen und seitlich tief ins Erdreich gerammt worden, wie es aussah. Becky stieß mit ihrer Schaufel ein wenig darauf herum und war unschlüssig. Als nächstes nahm sie die

Grubenlampe von der Wand, legte sich wieder auf den Bauch und ließ das Licht langsam an dem sehr langen Kabel nach unten gleiten - Stück für Stück. Wieder sah es unheimlich, gespenstisch aus, und wieder war da die kühle Luft von unten. Aber Becky fühlte sich diesmal nicht schwach, was sie beruhigte: Keine geheimen Kräfte oder Strahlen, wie sie manchmal in ihren Comicabenteuern vorkamen. ‚Puh, das wäre geschafft. Und nun?' Die kleine Forscherin war ziemlich aufgeregt. Der Weg nach unten war sozusagen frei. Aber was würde sie dort erwarten? Würden die Stufen sie halten? Könnte sie diese notfalls auch wieder empor klimmen? Eine Mischung aus Furcht und starker Neugier machten das Mädchen ganz wibbelig. Von dort unten hörte man bestimmt keine Hilferufe. Eigentlich wäre es ein Leichtes gewesen, Frau Berger hinzuzuholen, aber dann wäre das schöne Geheimnis kein Geheimnis mehr gewesen. Becky fühlte das Taschenmesser in ihrer Tasche und sich selbst damit ein wenig sicherer: ‚Nein, das hier soll niemand kennen - nur ich!'

Sie biss noch einmal in ihren mitgebrachten Schokoriegel. Dann setzte sie sich vorsichtig an den Rand der Stufen. Das Herz klopfte ihr bis zum Hals, und um ein Haar hätte sie vor lauter Aufregung das Gleichgewicht verloren. Umständlich begann sie schließlich, einen Halt auf den oberen Stufen zu suchen. Sie hielt sich dabei verkrampft an dem Metallrahmen fest und fand sich zu schwer für dieses Experiment. Das rostige und mit Erde verschmierte Ding fühlte sich kalt und eklig an. Dennoch wagte Becky einen Tritt nach unten und klammerte sich noch fester. Als weiter nichts passierte, außer dass etwas losgetretene Erde hinab kleckerte, folgte zaghaft der nächste Schritt und wieder einer; und wie sie plötzlich hoch schaute, wusste sie, dass sie schon ein ganzes Stück tief geklettert war. ‚Unten ist ja Licht', dachte sie, ‚da kann mir gar nichts passieren - Pah, wenn die Eierköpfe das wüssten, was ich mich hier traue.' Becky wurde mit jeder Stufe sicherer. So dauerte es nicht lange, und sie sprang von den letzten beiden Stiegen hinunter mitten in den Erdhaufen. Unten breitete sich der Schacht nach allen Seiten rundlich aus, und Becky konnte aufrecht stehen. Der Eingang über ihr erschien nun so weit weg. Es war sehr feucht und viel kühler als draußen - im ersten Moment durchaus angenehm, wie Becky fand; und es roch nach Erde - etwas stickig zudem. Der Boden war fest, bis auf den Erdhaufen, in dem Becky mit ihren Sandalen bis an die Knöchel versunken war. Sie nahm die Lampe auf, klopfte sich etwas ab und leuchtete umher. Sie staunte nicht schlecht, als sie die gegenüberliegende Seite der Stufen sah. Dort war es schwarz. Es sah zunächst aus wie eine tiefe Nische, und es war etwas höher und breiter als das Mädchen. Eine erwachsene Person hätte dort nur kriechend hineingepasst.

„Haaaalooo", flüsterte Becky mit großen Augen, dann noch einmal etwas lauter „Haaaaaaloooo!" Aber nichts rührte sich. Mit einer Hand in der Tasche am Messer - man wusste ja nie, was einem da entgegen springen könnte - trat sie langsam auf die Höhlung zu und leuchtete hinein. Es war wahrhaftig ein Gang. Die Neunjährige war gespannt wie ein Flitzebogen. Es herrschte eine Totenstille in diesem Gewölbe, so ruhig, dass Becky zusammenzuckte, als etwas Kabel hinter ihr von oben herab fiel. ‚Los jetzt', machte sie sich Mut, ‚jetzt bist du schon hier,

dann kannst du auch weiter gehen.' Schritt für Schritt
tappte sie mit ihrer Leuchte fest in der Hand vorwärts
durch den schmalen Gang, um nach einigen Metern stop-
pen zu müssen. Becky stand vor einer Wand. Es ging
dort nicht weiter. Nur in der Seitenwand des Ganges
breitete sich unter dem Lichtkegel eine zweite, fast kreis-
runde Öffnung aus, etwa mit dem Durchmesser und der
Länge eines großen Fasses. Man konnte da vielleicht gerade so hindurch kriechen. Becky zog es aber vor, zunächst einmal nur ihre Lampe durch das Loch zu halten.
Viel sah sie nicht, aber es befand sich offenbar eine kleine
Kammer dahinter, ein paar Schritte lang und breit und
vielleicht hoch genug für ein Kind, darin zu stehen. Das
Mädchen war begeistert über seinen Fund: Eine richtige
unterirdische Höhle hatte es entdeckt - wie geschaffen für
jemanden wie Becky, um dort ein Geheimnis zu wahren.
Was sollte sie nun tun? Gleich davon Frau Berger oder
ihrem Vater berichten? Sie tastete sich vorsichtig zurück
zum Schacht und setzte sich auf den dort liegenden Eimer. Auf diese Sensation hin musste sie ihren restlichen
Schokoriegel erst einmal aufessen. Dann blickte sie nach
oben und entschloss sich, niemandem davon zu erzählen,
es sei denn, er würde sich als absolut vertrauenswürdig
erweisen.

Der Aufstieg über die Stufen zurück ans Tageslicht
fiel Becky leichter als gedacht; in der Kühle fühlte sie sich
nicht so schwer und matt. ‚Soll das Wetter doch noch
heißer werden und die andern ärgern', überlegte sie sich
siegessicher, ‚hier unten hab ich meine Ruhe und so viel
Kühle wie ich will.' Oben angekommen, zog sie die Gru-

benlampe wieder heraus und legte gerade die Bretter über das Loch, als sie vor dem Schuppen Schritte vernahm.

„Becky, bist du da drin? Geht es dir gut?" Es war Frau Berger, die offensichtlich zu lange kein Lebenszeichen von ihrem kleinen Gast erhalten hatte.

„Ja, alles in Ordnung", Becky stolperte hastig mit ihren lehmigen Sandalen aus dem Verschlag.

Frau Berger musste natürlich sofort auf diese aufmerksam werden. Sie schüttelte den Kopf. „Kind, wo kommt denn dieser Dreck her? Nicht dass ich Ärger mit deinem Vater bekomme. - Ist es denn da so schmutzig drin?" Frau Berger schickte sich an, einen Blick in ihren Schuppen zu werfen.

Becky stellte sich ihr in den Weg. „Em ... öh ... ist alles kein Problem. Ich habe nur ... nur ... dahinten einen Maulwurfshügel erforscht; bin aus versehen reingetreten."

„Maulwürfe? Hier im Garten?", Frau Berger drehte sich um und schaute in die Richtung, die Becky ihr wies. „Das wäre ja ganz was Neues. - Aber gut ... ich sehe du hattest Spaß, was?" Becky nickte. „Wollte nur mal schauen ob du OK bist."

Gemeinsam traten die beiden den Rückweg nach unten an, und Becky war sehr darum bemüht, Frau Berger zu erklären, dass der Verschlag in der Tat nur altes, wertloses Zeug beherbergte, und dass es kaum lohne, sich dort weiter umzuschauen. Aber Frau Berger beruhigte sie: „Keine Sorge, ich werde dich da oben nicht stören", und sie zwinkerte Becky vielsagend zu. Das bestärkte das Mädchen in seiner neu gewonnenen Sicherheit.

„Was kostet ein Taschenmesser?", wollte Becky beim Mittagessen von ihrem Vater wissen.

„Becky, ich habe dir erklärt, dass ...", antwortete Robert.

„Nein, Dad, ich will nur wissen, was es kostet ... einfach so ..."

„Hm ... ja ich denke mal, so um die 15 Mark."

„Und was kostet ein Walkman?"

„Ein was?"

„Ein Walkman ... so ein kleiner tragbarer Kassettenspieler."

„Da fragst du mich was. Die Dinger sind doch ziemlich neu auf dem Markt ... tja, keine Ahnung ... aber sicher mehr als 200 Mark."

Becky nickte und grübelte herum.

Robert stutzte, aber er hatte sich über die Jahre an die scheinbar zusammenhangslosen Fragen seiner Tochter gewöhnt, und bis dahin war nie etwas Seltsames daraus entwachsen.

Der Rest des Tages verlief wie immer, wenn es der letzte freie Tag vor der Schule war. Mit einer Mischung aus Wehmut über die schönen Dinge, die Becky erlebt hatte und einem aufkommenden Unbehagen über die neue Schulwoche vertat sie einen solchen Nachmittag lieber mit Grübeln. Bis zum folgenden Wochenende schien es ihr dann immer unendlich lange. Zudem saß ihr der verloren gegangene Walkman im Nacken; die Zeit lief. Auf keinen Fall würde sich Becky am nächsten Tag trauen, Manfred zu fragen, ob denn seine Brüder oder gar er selbst etwas mit der Sache zu tun hätten - es würde vermutlich mit Juckpulver enden. Schließlich hatten auch die

Schäfchenwolken am Ende des Tages den Himmel und damit auch Beckys Hoffnung auf kühleres Wetter verlassen.

* * *

Fräulein Nagelfuß war am Dienstag wieder zurück. Sie erschien in der Klasse, die zu ihrer bestimmten Miene fast geschlossen herumfeixte und tuschelte. Nur Becky wusste nicht, wie sie schauen sollte, und sie blickte abwechselnd zur Lehrerin und ihren Klassenkameraden, in der Hoffnung, die Situation würde sich bald legen und sie aus ihrer Unentschlossenheit befreien. Das Grinsen verging den Schülern dann auch, als Fräulein Nagelfuß jegliche Hoffnung auf das Ausfallen weiterer Sportstunden zerstörte. Der Schulrektor Herr Hammer würde diese bis auf Weiteres übernehmen, teilte sie der Klasse mit und ging zur Tagesordnung über. Ein Raunen ging durch die Schulbänke, und auch Becky war nicht sehr begeistert, denn im Unterricht bei Herrn Hammer konnte es schon einmal passieren, dass die Ambulanz vorfahren musste: Geräteturnen war von nun an Beckys Alptraum für eine ungewisse Zeit, zudem sah Herr Hammer alles: bei ihm würde es ihr nicht so leicht gelingen, sich immer hinten neu anzustellen, kurz bevor sie an der Reihe war. Diese Woche begann nicht gerade vielversprechend für Becky. Zusätzlich stand am Freitag ein Wandertag an: Eine Erkundungstour durch den Wald. Eigentlich war das eine willkommene Abwechslung und zugleich eine schöne Einleitung ins Wochenende, zumal es sich um den Wald oberhalb des Fichtenweges handelte. Allerdings war dies erneut mit einer Hürde für Becky verbunden, an die ihre

Kameraden sicher nicht im Traum denken mussten. Fräulein Nagelfuß teilte ein Papier aus, welches die Eltern unterschreiben sollten. Damit gaben sie ihr Einverständnis, dass die Kinder während des Wanderns sich in kleinen Gruppen auch etwas abseits des Weges - aber immer noch in Sichtweite der Lehrer - aufhalten durften, um dies und das zu entdecken. Das Papier brauchte Becky ihrem Vater eigentlich gar nicht erst zu überreichen. Denn so etwas unterschrieb er prinzipiell nicht. Er erzählte immer etwas von Absicherung der Lehrer, falls etwas passieren sollte. Damit war Beckys Schicksal auf dieser Tour von vorne herein besiegelt: Sie würde mit den Lehrern zusammenbleiben müssen, während die anderen durch die Gegend tollen durften. Es war nur noch die Frage, wie Becky das Fräulein Nagelfuß erklären sollte: Wahrscheinlich würde sie einfach sagen, sie hätte den Zettel vergessen. Das änderte zwar nichts am Ergebnis, aber so müsste sie nicht ihren Vater mit blamieren oder sie sich für ihn - sie wusste es nicht so genau. Vielleicht hatte er aber auch im Grunde Recht. Das wäre ihr natürlich am liebsten gewesen und am verlässlichsten.

Es gab wieder Hitzefrei - und kein Juckpulver. Becky wartete nach dem Unterrichtsschluss einfach so lange in der Mädchentoilette, bis kein Kindergeschrei mehr auf dem Schulhof zu hören war. Das machte sie manchmal, wenn die Eierköpfe ihren Bruder Manfred direkt vor der Grundschule trafen. Dann konnte das Mädchen ihnen langsam in einem gewissen Abstand Straßenbiegung um Straßenbiegung folgen und sich versteckt halten. Ihr Nachhauseweg dauerte so zwar etwas länger, da die drei Jungs immer wieder stehen blieben und sich gegenseitig umherschubsten, aber sie hatte auf diese Weise die Kontrolle über die Bande. Wenn sie sich dann irgendwo in einer Einfahrt verschanzten, wusste Becky, dass das ihr galt, und sie versteckte sich ebenfalls so lange, bis die anderen aufgaben und sie schon längst zu Hause wähnten.

„Wo bist du denn noch herumgestrolcht?", fragte sie ihr Vater denn auch an diesem Tag. „Gab doch sicher wieder Hitzefrei, oder?"

Becky wich aus. „Am Freitag ist Wandertag."

„Schön. Geht ihr denn auch wandern, oder fahrt ihr wieder erst stundenlang mit dem Bus durch die Gegend?"

„Nein, wir erkunden den Wald hier oben, da wo wir manchmal spazieren gehen … vielleicht sogar zum alten Weiher."

„Oh", kam es überrascht von Robert, „da kennst du dich ja aus."

„Genau", fiel Becky ein und witterte die Möglichkeit, dass ihr Vater unter diesen Umständen den Zettel der Lehrerin vielleicht ja doch unterschreiben würde. Mit fragenden Augen hielt sie ihm diesen unter die Nase. „Hier, dass sollst du unterschreiben …"

Robert las sich argwöhnisch die wenigen Zeilen durch, schmetterte dann aber ab: „Kommt überhaupt nicht in Frage, Becky; die sollen gefälligst ihrer Aufsichtspflicht nachkommen. Wenn was passiert, bin ich der Dumme."

„Aber was soll denn da im Wald passieren, Dad? Und warum bist du dann der Dumme? Alle unterschreiben das. Und außerdem sind die Lehrer ja in der Nähe."

„Ach ja? Warum brauchen sie dann die Unterschrift?" Robert erklärte ihr lang und breit alles Mögliche über Versicherungsfragen und Unfallfolgen sowie merkwürdige Typen, die sich da zeitweise herumtreiben würden; er sagte ihr aber nicht, wie Becky dies Fräulein Nagelfuß unterbreiten sollte. Es blieb dabei, Robert unterschrieb nicht. Becky konnte gar nicht sauer auf ihren Vater sein, weil sie ihn durchaus verstehen konnte; aber er musste sich auch nicht die Hänseleien anhören, die sie sich damit einhandeln würde. Über dieses Thema hatte es schon Diskussionen am vorangegangenen Elternabend zu Beginn des Schuljahres gegeben, und Robert hatte durchaus Zuspruch von einigen Eltern erhalten, wie er Becky hinterher erzählte. „Du wirst nicht die einzige sein", versicherte er seiner Tochter, „die ohne Zettel kommt." Es würde sich zeigen, wie viele Schüler letztlich Becky bei der Lehrergruppe Gesellschaft leisteten.

Beckys Aufmerksamkeit galt am Nachmittag umso mehr ihrer Höhle. Zu den Hausaufgaben hatte sie bei dem heißen Wetter keine sonderliche Lust - wie üblich. Zwischen dem, was Robert gerade noch so akzeptierte und der eigentlichen Pflicht gab es regelmäßig kleine Auseinandersetzungen. Becky war bestimmt nicht faul, sie hatte eben nur das Pech, dass ihre Interessen selten Gegenstand des Unterrichts waren. Ob da der von Dr. Drilling verschriebene Konzentrationssaft half, bezweifelte sie sehr. Vielmehr befürchtete sie, sie könne vom Genuss des bitteren Zeugs genau die gleichen knallroten Wangen bekommen, die das lachende Kind auf dem Etikett der Saftflasche hatte; denn das würde ihre Stellung bei den Klassenkameraden bestimmt nicht gerade aufwerten.

Für ihren neuerlichen Aufbruch zu Frau Bergers Wiese wappnete Becky sich nach der lästigen Rechnerei mit dicken Kerzen, Streichhölzern und ein paar ihrer Comics. Sie wollte nämlich umziehen - von ihrem Baumhaus in ihre neue, unterirdische Herberge. Auch die Proviantbox musste mit. Sie wollte sie wie üblich mit ein paar Leckereien füllen, die ihr Vater im Küchenschrank zur kontrollierten Ausgabe versteckt hatte. Becky hatte dieses Versteck natürlich längst gefunden. Da auch Robert regelmäßig davon nahm und den Vorrat ebenso oft wieder aufstockte, war ihm wohl der permanente Zugriff seiner Tochter nicht so sehr gegenwärtig - bis zu diesem Zeitpunkt. Becky fand das Versteck leer, und entrüstet lief sie zu ihrem Vater.

„Hast du alle die Schokowaffeln aufgegessen, Dad?", wollte sie wissen.

„Nein Maus, aber du weißt, was Dr. Drilling gesagt hat. Wir müssen etwas an deiner Ernährung tun."

„Du meinst Erbsensuppe und Vollkornbrot?"

„Ja … nein … so ungefähr. Jedenfalls müssen wir mit den Süßigkeiten ein bisschen aufpassen. Ist für mich ja auch nicht so gesund." Er rieb sich über seinen Bauch, welcher ebenfalls nicht der schlankeste war. „Nimm dir eine Banane mit. Liegen in der Küche. Ich habe heute welche gekauft."

„Bananen", maulte Becky. Das sah sie nun überhaupt nicht ein. Sie wusste schon, dass sie zu dick war und dass sich daraus Probleme verschiedenster Art ergaben. Sie dachte kurz an ihr Kleid. Dann aber obsiegte ihre Lust auf die Schokowaffeln. Warum bestrafte sie ihr Dad nun auch noch dafür, dass er ihr letztendlich nicht half, ihren Garten, das Baumhaus und sie selbst gegen ihre Widersacher zu verteidigen? Das dachte Becky nicht wirklich, aber sie empfand das gleiche Gefühl, welches sich aus einem solchen Gedanken zu ergeben vermag. Bananen in einer geheimen Höhle - das passte außerdem gar nicht zusammen. Zu einem zünftigen Leseabenteuer bei Kerzenschein gehörte einfach eine süße Leckerei - oder Waldbeeren, aber das war ja etwas anderes. Becky beschloss, zukünftig ihr Taschengeld dafür zu opfern, welches sie bis dahin nur selten angetastet hatte. Was sie brauchte, fand sie im Garten, auf ihren Streifzügen oder in ihres Vaters Werkzeugschrank. Dafür benötigte sie kein Geld. Aber nun? Durch diese Gedanken in ihrem Vorhaben bestärkt, freute sie sich umso mehr auf ihre kühle, verbündete Unterkunft.

Im Garten von Frau Berger angekommen, vernahm Becky Stimmen und ein lautes Lärmen. ‚Der Opel', ging es ihr durch den Kopf. Bevor sie weiterlief zu ihrem Unterschlupf, versteckte sie sich hinter Frau Bergers Johannisbeersträuchern und beobachtete das Treiben jenseits des Zaunes. Was sie dort sah, gefiel ihr gar nicht. Nicht nur, dass die Schmalbachjungs dabei waren, das schöne alte Dinge gänzlich mit Hammerschlägen zu demolieren, nein, sie waren nicht alleine: Die Eierköpfe hatten sich doch wahrhaftig dazugesellt. Eine Allianz, die Becky immer schon befürchtet hatte. Das machte die Dinge komplizierter. Dann geschah etwas Merkwürdiges. Die drei Brüder und die Schmalbachjungs gerieten über etwas in Streit. Sie schubsten sich hin und her, und als der Älteste von ihnen - jener, welcher immer zündeln wollte - Manfred kräftig gegen das Schienbein trat, entwickelte sich eine handfeste Prügelei. Das war die Gelegenheit, sich auf eine der beiden Seiten zu schlagen, dachte Becky, um in Zukunft Verbündete hinter sich zu wissen. Konnte man so Freunde gewinnen? Sie zögerte. Die Schmalbachjungs waren zu viert und viel stärker. „Ja, gebt 's ihnen", flüsterte Becky, als klar war, dass Manfreds Brüder unterliegen würden. Er selbst stand heulend daneben. Aber die Eierköpfe mussten dermaßen viel einstecken, dass es ihr fast schon wieder leid tat, und sie überlegte, wenn sie ihnen jetzt helfen würde, dann …

„Thomaaaas!!!" rief eine durchdringende Frauenstimme vom Fichtenweg aus. „Thooomaaaas, nun komm endlich, wir sind spät dran!"

Abgelenkt blickte Becky kurz zum oberen Jägerzaun, dann dachte sie wieder … ‚wenn ich den Eierköpfen jetzt helfe … dann tun sie mir vielleicht nichts mehr oder geben mir gar den Walkman …' Zu spät. Die drei Nachbarjungs suchten bereits unter fürchterlichen Flüchen und Drohungen das Weite. Nur Rudolph drehte sich noch einmal um und schrie: „Unser Vater ist bei der Polizei!" Die Schmalbachjungs äfften sie nach und zogen dann mit kleineren Autoteilen vom Grundstück ab. Becky seufzte. Vielleicht aber war sie nun zumindest für eine Weile vor der Dreierbande sicher und aus der Schusslinie, da Alf und Rudolph ja offensichtlich neue Feinde hatten.

„Thomas! …" kam es wieder von oberhalb. Becky schlich sich davon in Richtung ihres eigentlichen Ziels und bekam beiläufig eine Standpauke mit, die eine große Frau gerade einem hinzu gelaufenen Jungen verpasste. Die zwei waren ziemlich schick angezogen. Der Junge war so dünn wie sonst niemand aus Beckys Klasse, und er sah aus der Entfernung fast aus wie ein Mädchen mit seinen nicht ganz schulterlangen Haaren. Andauernd redete die Frau, die wohl die Mutter des Jungen war, von Disziplin, und dieser Thomas sagte nichts, sondern nickte nur stumm mit dem Kopf. Als die Frau Becky sah, herrschte sie sogleich ihren Sohn an: „Was glotzt die denn so? Kennst du die etwa? Los jetzt …“, und sie schlug ihm mit der flachen Hand auf den Hinterkopf. Becky schaute den beiden irritiert nach. Sie stiegen in ein großes, schwarzes Auto und verschwanden den Fichtenweg hinunter in Richtung Ortskern. Den Jungen hatte sie zuvor noch nie gesehen und die Frau auch nicht. Sie waren bestimmt neu zugezogen.

,Puh‘, dachte Becky und widmete sich endlich ihrer Zuflucht, ,so hat Dad noch nie auf mich eingeschimpft.‘ Sie schaltete ihre Grubenlampe ein, steckte sich die Comics nebst Proviantbox unter das T-Shirt, und die Kerzen und Streichhölzer verstaute sie in den großen Hosentaschen ihrer robusten Sommershorts. Dann kletterte sie erneut den Schacht hinunter zu ihrer Höhle - diesmal flinker - und sie fühlte sich gleich zu Hause. Sie nahm sich vor, den Raum hinter der runden Öffnung etwas einzurichten, und mit jedem Mal, da sie dorthin käme, würde sie ein paar ihrer Lieblingsdinge mitnehmen. Für das Erste musste der Eimer als Sitzgelegenheit reichen. Nachdem sie diesen und die restlichen Mitbringsel durch das Loch geschoben hatte, war sie nun selbst an der Reihe - und das war nicht einfach. Die röhrenförmige Öffnung war im Prinzip groß genug, einen schlanken Erwachsenen hindurchzulassen, aber die Wand war sehr dick und die Öffnung nicht waagerecht, sondern etwas abgeschrägt nach oben weisend eingelassen. So konnte Becky nicht einfach hindurch schlüpfen, und sie musste mit ihrer

Leuchte darin regelrecht etwas aufwärts kriechen. Sollte sie das wirklich wagen? Aber Becky wäre nicht Becky gewesen, hätte die Neugier sie nicht besiegt. Sie war vielleicht nicht die Mutigste, aber eben doch sehr abenteuerlustig. Sie gab sich einen Ruck, und schließlich hatte sie es geschafft und landete auf der anderen Seite auf dem Bauch. Sie stand auf und schaute sich erstaunt um. Es war recht geräumig. Ungefähr wie eine Halbkugel war die Kammer über ihr geformt aus einer Mischung von Fels und Erde. In der Mitte war sie sogar so hoch, dass Becky selbst auf Zehenspitzen mit den Fingern nicht die Decke berühren konnte. Der Boden war mehr oder weniger eben und halbwegs trocken. Mehr gab es nicht zu sehen. Becky ahnte, dass diese Höhle nicht schon immer da gewesen war, sondern dass sie jemand gegraben haben musste. Sie setzte ihre zwei klobigen Kerzen auf den Boden in die Mitte und zündete sie an. Dann schaltete sie die Grubenlampe aus. „Wow!", flüsterte sie laut, „magisch." Die Kerzen brannten ganz ruhig, kein Luftzug brachte sie zum Flackern, es sei denn Becky bewegte sich davor hin und her. Fasziniert betrachtete sie ihren Schatten hinter sich an der Höhlenwölbung und machte Figuren über den Kerzenflammen mit Händen und Armen. Ein Schauer lief ihr über den Rücken - teils ein wenig gruselig, teils wegen der Kühle und doch begeisternd. Dann setzte sie sich auf den Eimer an den Rand. Sie hockte einfach nur da, um die Stimmung auf sich wirken zu lassen. Becky stellte sich vor, wie die komische Gemeinschaft, von der Frau Berger erzählt hatte, dort geheime Treffen veranstaltete oder Soldaten im Krieg die Höhle als Schutzbunker benutzten. Es war ganz still, als ob es hinter dem schwarzen Loch der Eingangsöffnung nichts mehr geben würde. Zugegeben, besonders komfortabel war es nicht in dieser Kammer, aber das konnte man ja ändern. Und eine Jacke wollte sich Becky das nächste Mal mitnehmen, oder eine Decke, denn so angenehm der Temperaturunterschied zu der brütenden Hitze draußen auf den ersten Moment war, so unangenehm fühlte er sich nach einer Weile nur mit einem T-Shirt an.

Becky nutzte ihre Freizeit fortan mit der Ausstattung ihres neuen Domizils. Ihr Vater wunderte sich allerdings, wohin der eine oder andere Gegenstand so plötzlich verschwunden war. Er ließ seine Tochter aber gewähren. Wer wusste schon, welchen neuen, verrückten Ideen sie in ihrem Baumhaus nachgehen würde. Denn dort vermutete er sie immer und machte sich keine weiteren Sorgen. Dass Becky von nun an nachmittags fast ausschließlich in Frau Bergers Garten verschwand, ahnte er hingegen nicht. Dieser erzählte Becky stets, dass ihr Vater Bescheid wüsste. Am Ende der Woche hatte das Mädchen  es sich in der Tat wohnlich in der Erdhöhle gemacht, wenn man es denn so nennen wollte. Sie aber fand es urgemütlich darin, nachdem sie sich auf einer ausgebreiteten Plane ihr Lammfell ausgelegt und drum herum wichtige Utensilien verteilt hatte, wie ihre Lieblingslektüre, etwas zum Malen, weitere Kerzen und nicht zuletzt eine Ration Süßigkeiten. Letztere hatte sie sich unter der Woche heimlich auf dem Schulweg von ihrem Taschengeld gekauft. Die Grubenlampe hatte Becky zwischenzeitlich gegen die alte Tischlampe aus dem Verschlag ausgetauscht und fest an das von oben hinuntergeleitete Kabel angeschlossen. Das altmodische Ding leuchtete einfach viel abenteuerlicher den

Raum aus. Schließlich benötigte Becky für den Ein- und Ausstieg aus ihrer Höhle immer nur noch ihre Taschenlampe - sowie das Messer für alle Fälle. Sie fand ihren Umzug rundum gelungen. Bei all diesen Aktionen entging es ihr nicht, dass dieser dünne Thomas vom Fichtenweg wohl wirklich neu in den Ort gezogen war. Sie sah ihn mehrmals vor einer großen, weißen und modernen Neubauvilla warten - auf seine Mutter oder den eleganten schwarzen Wagen, der beide mitnahm. Zu gerne hätte Becky gewusst, wer das war, denn auch in der Schule hatte sie ihn bis dahin nicht gesehen während der Pausen. Der ging bestimmt schon auf ein Gymnasium, vermutete Becky, und spielte nie im Garten … mit den teuren Sachen, die er anhatte.

Es war Freitag und der Wandertag verlief genau so, wie Becky ihn sich vorgestellt hatte: Heiß und langweilig. Alle Eltern, außer ihrem Vater, hatten die Einverständniserklärung unterschrieben. So trottete sie hinter den Lehrern über die sonnedurchfluteten Hauptwege des Waldes, bis Manfred ihr notgedrungen Gesellschaft leisten musste. Zwischen ihm und den anderen seiner Gruppe gab es ein paar Handgreiflichkeiten, so dass die Lehrer ihn von seinen Kameraden auf die für sie einfachste Weise trennten. Becky fand das ungerecht. Er war ohnehin übrig geblieben, als die üblichen Klassenlieblinge sich Mitglieder für die einzelnen Gruppen gewählt hatten. Genau wie Becky im Sportunterricht, wurde er dann einfach einer Gruppe zugeteilt. Eine Weile liefen sie und Manfred nebeneinander her, bis sie sich endlich traute, ihn zu fragen: „Sag mal, warum greifen deine Brüder mich eigentlich immer an?"

„Weiß nicht", antwortete ihr Leidensgenosse achselzuckend.

„Ich meine, ich hab euch ja nichts getan oder?"

„Nö." Aus Manfred war nicht viel heraus zu bekommen. Er sagte auch sonst nicht viel im Unterricht. „Ist doch alles sowieso nur ein Spaß", fügte er dann hinzu.

„Und warum macht ihr diesen Spaß? Mir tut der nämlich immer ziemlich weh."

„Weil du so komisch sprichst. Alf hat gesagt, wer so spricht, verdient eine Abreibung."

„Wie spreche ich denn?", fragte Becky weiter und ahnte sehr wohl, dass Manfreds Aussage sich auf ihren amerikanischen Akzent bezog.

Manfred zuckte wieder mit den Achseln und schwieg. Becky wollte ihn lieber nicht wegen des Walkmans ansprechen. Sie war sich zwar absolut sicher, dass niemand anders als seine Brüder dafür verantwortlich war - Manfred selber traute sie das eher nicht zu -, aber sie konnte es nicht beweisen. Vielleicht würde er das als Angriff auf ihn und seine Geschwister werten, was Becky dann irgendwann wieder zu spüren bekäme.

Die Hundstage zogen sich in diesem Sommer scheinbar unendlich lange hin. Seit Wochen hatte es nicht geregnet, und die Wettervorhersage konnte auch keine Änderung prognostizieren. Die Hitzewelle dauerte an. Umso mehr versank Becky nach der Schule in der Kühle ihrer Erdbehausung in ihren Gedanken und Abenteuern. Sie lag dort auf ihrem Fell unter der Decke, und las … und aß. Wenn sie begann, zu träumen, fühlte sie sich ähnlich wie abends in ihrer Betthöhle - sicher und geborgen. Nur die Sterne konnte sie von tief unter der Erde nicht sehen, aber dafür die absolute Stille in ihrem Kopf spüren, die sie sonst so sehr beim Anblick des nächtlichen Himmels liebte. In dieser Ruhe, die eine ganz andere war als die in ihrem Zimmer oder im Baumhaus, ließ sie ihren fragenden Gedanken ungestört freien Lauf. Warum war sie so anders als die andern Mädchen? Und warum war sie kein Junge? Zum ersten Mal seit langem fühlte sie sich so richtig verstanden, von dem was sie umgab - von der Stille ihrer Eigenheit, auch wenn diese keine Antworten geben konnte. Seit ihrer Entdeckung waren zwar erst zwei Wochen vergangen, aber ihr kam es so vor, als würde sie schon eine lange Zeit dort ‚wohnen', auch wenn sie nachmittags nur für ein oder zwei Stunden von der Bildfläche verschwinden konnte, ohne dass Robert oder Frau Berger Verdacht schöpfen würden. Das Auftauchen aus der Tiefe fuhr ihr dann im wahrsten Sinne des Wortes heiß ins Gesicht. Mal war es der Pfiff ihres beschäftigten Vaters - der, wenn er zu oft unerhört erfolgte, Roberts Ungeduld für den Rest des Abends beschwor; mal waren es die Jungs aus dem Schmalbachweg, deren immer gleiches ‚Sich Aufspielen' Becky allmählich nervte oder eben Manfred und seine Brüder, die neuerdings nachmittags auch die Waldstraße und den Fichtenweg unsicher machten. Zwischendurch besuchte Becky noch ihr Baumhaus, aber nur, um sich zu vergewissern, dass niemand sich daran zu schaffen gemacht hatte; und auch da fand sie Spuren von Eindringlingen. Wenn sie Robert dann abends erzählte, dass jemand in ihrem Baumhaus gewesen sein musste, brauchte sie auf die Standartantwort, sie solle nicht so viel herumphantasieren, sondern sich lieber auf ihre Schulaufgaben konzentrieren, nicht lange zu warten. Alles um sie herum breitete sich irgendwie aus - ohne sie großartig zu vermissen, bildete Becky sich ein. Sonst hatte sie sich immer auf die Wochenenden gefreut, aber das ließ merkwürdigerweise im neuen Schuljahr langsam nach. Vielleicht lag es daran, dass sie ja nicht den ganzen freien Tag in diesem Erdgewölbe verbringen konnte, um zu phantasieren, oder mehr an der Tatsache, dass die so liebgewonnene Technik ihr scheinbar nicht mehr soviel bedeutete wie noch in den Ferien. Etwas geschah mit Becky, was sie sich nicht erklären konnte. Dagegen gewann das Kleid, das in ihrem Zimmer hing, auf eine seltsame Weise an Bedeutung: Becky ertappte sich dabei, wie sie es abends vor dem Zubettgehen befühlte und am liebsten einmal übergestreift hätte. Aber die Enttäuschung wollte sie sich dann doch lieber ersparen. Es folgte eine weitere Woche mittelmäßiger Schulerlebnisse: Herr Hammer hatte Becky im Sport ganz schön zugesetzt und Fräulein Nagelfuß ihre Rechenkünste unter dem Gelächter der Kameraden ausgiebig kommentiert. Das Katz- und Mausspiel auf dem Nachhauseweg wurde mit einer weiteren Dosis Hagebuttenbeeren abgerundet, und Beckys beschäftigter Vater hatte wie immer viel um die Ohren. Seine Bemühungen, gesund zu Kochen, vermochten den Missmut seiner Tochter schließlich auch nicht so recht zu vertreiben, bevor sie sich endlich erneut in ihre Höhle absetzen konnte. Aber noch etwas sollte bald drohen, das Leben der Neunjährigen in andere Bahnen zu lenken.

* * *

Es war wieder Samstagnachmittag, und Becky entstieg nach einer spannenden Lektüre ihrer unterirdischen Behausung. Als sie den Verschlag verließ, sah sie Thomas gegenüber am Zaun in einem Sportdress stehen. Er schien ganz außer Atem, stand vorne über gebeugt und stützte die Hände auf den Knien ab. Er erblickte Becky und deutete nickend kurz einen Gruß an. Sie nickte zurück und sagte „Hallo." Thomas reagierte nicht, sondern schaute stattdessen auf eine Stoppuhr, die er um den Hals hängen hatte. „Hallo", rief Becky noch einmal etwas lauter, und der Junge wandte sich ihr schließlich zu, als sie sich dem Zaun näherte und er sich mehrmals umgeschaut hatte, so, als ob er nicht gesehen werden wollte.

„Ich bin Becky."

„Hi … Thomas. Wohnst du hier?"

„Ja … ich meine nein, nicht direkt. Ich spiele nur hier … wohne zwei Häuser weiter … in der Waldstraße."

„Ah", antwortete er nur und atmete allmählich wieder ruhiger. Dann blickte er erneut auf seinen modernen digitalen Zeitmesser. „Uff, das war neue Bestzeit."

„Läufst du hier oben?", wollte Becky wissen.

„Ja, die kleine Runde … einmal Fichtenweg, Waldstraße, Schmalbachweg und zurück."

„Wow", staunte Becky, für die dies schon eine große Runde zu Fuß in normalem Gang war. „Hast du keine Angst alleine, durch den Schmalbach?"

„Nee, warum? Jean begleitet mich im Auto." Thomas wies nach weiter hinten in die Straße, wo die schwarze Limousine stand, in welcher Becky ihn schon einmal hatte verschwinden sehen. „Jean ist unser Fahrer."

Becky nickte beeindruckt. „Und wo wohnst du?"

„Gleich gegenüber in dem weißen Haus … sind vor zwei Wochen hier her gezogen … aus Brüssel. Meine Mutter arbeitet hier … ist Zahnärztin. Hat immer morgens Sprechstunde - aber nur privat."

„Kennst du Tanja und Tonja?"

„Nie gehört?"

„Ihr Vater ist auch Zahnarzt hier im Ort. Die gehen in meine Klasse."

„Ah … nee, ich gehe auf eine Privatschule in Bitburg."

„Cool", meinte Becky verlegen.

„Wie man 's nimmt", kam es von Thomas fast gleichgültig achselzuckend.

„Brüssel … hm … liegt in Frankreich?"

„Belgien. Wir kommen aus Belgien. Mein Vater ist da Manager in einer Firma, die Sicherheitstechnik herstellt."

Es hupte zweimal kurz.

„Das ist Jean. Ich muss jetzt los … zum Ballett."

„OK … vielleicht magst du ja mal mein Baumhaus sehen", rief Becky dem schnell davon trabenden Jungen nach, welcher sich aber nicht mehr umdrehte.

,Ballett', dachte sie, ,das ist doch etwas für Mädchen.' Sie hatte auch zwei Klassenkameradinnen, die Ballettunterricht hatten. Einmal hatte sie ihnen dabei zugeschaut und fand es faszinierend, wie biegsam die beiden waren. Thomas fand sie auch faszinierend, weniger, weil er zum Ballett musste, sondern eher weil er etwas ausstrahlte, das ihn anders erscheinen ließ als die Jungs in ihrer Schule oder die aus der Nachbarschaft.

Zuhause erwartete Becky eine Überraschung. Der Tisch war richtig gedeckt mit Tischdecke, Tellern und Besteck. Anstatt der ein oder zwei Töpfe, die Robert sonst vom Herd immer direkt dort hingestellt hatte, befanden sich darauf drei Servierschalen, und es roch ungewöhnlich gut … so gut, dass das Mädchen augenblicklich Appetit bekam. Was war mit ihrem Vater geschehen, dass er auf einmal so lecker und ausführlich kochen konnte, und warum waren drei anstatt zwei Gedecke aufgelegt? Roberts Schreibtisch war ganz ordentlich. Er hatte den Papierwust beseitigt und alles im Wohnzimmer penibel hingestellt - auch Beckys Lieblingsohrensessel, den sie eigentlich gerne so stehen hatte, wie er sonst stand, mit Blickrichtung Panoramafenster.

„Da staunst du, was?" Ihr Vater kam hinter seinem Tisch hervor. „Ist alles vegetarisch", zeigte er auf die gedeckte Tafel.

„Vege-was?"

„Ve-ge-ta-risch. Alles total gesund und schmackhaft und kein Fleisch ... das wird dir gut tun."

Becky setzte sich irritiert und doch angetan von dem Anblick und dem Duft auf ihren Stammplatz.

„Nein, nein, nein, nein, nein ... du sitzt heute dort", forderte Robert sie auf, einen Stuhl weiter zu rücken. In dem Moment vernahm Becky eine Stimme hinter sich.

„Du bist bestimmt Rebecca." Das Mädchen drehte sich verwundert um.

„Em ... ja, darf ich dir vorstellen, Maus ... das ist Frau ..."

„Ach, sei nicht so förmlich, Rob", winkte die junge Frau ab und streckte Roberts Tochter die Hand entgegen. „Ich heiße Marianne."

Becky wusste nicht, was sie sagen sollte, erhob sich aber artig, um den Eindringling zu begrüßen. Denn als einen solchen empfand sie die Frau in dem kurzen Blümchenkleid und den hochhackigen Schuhen spontan. Sie war stark parfümiert, so sehr, dass der Geruch fast schon den Duft des Essens überdeckte. Becky rümpfte die

Nase. Das Gesichtswasser ihres Vaters roch viel besser und gemütlicher als dieses stechende Parfüm. Dagegen war ja selbst das nach Kaugummi riechende Zeug von Tanja und Tonja ein Wohlduft. Und außerdem wollte ihr Vater nicht Rob genannt werden, zumindest nicht von Becky. Warum durfte das dann diese fremde Person?

„Ja, also Marianne ist eine Kollegin von mir aus Bitburg", erklärte Robert, und aufmunternd fügte er hinzu: „Sie hat auch eine Tochter, so in deinem Alter. Und stell dir vor, die beiden wohnen seit Kurzem hier im Ort - in einem der Häuser gleich neben deiner Schule."

„Larissa ist elf", verbesserte Marianne ihn, „sie ist übers Wochenende bei ihrem Vater. - Vielleicht lernt ihr euch ja mal kennen."

„Warum sind die denn nicht mitgekommen?", wollte Becky wissen.

„Ja, weil … weil …", stotterte Robert.

„Ach … weißt du, wir leben nicht mehr zusammen …", winkte Marianne ab, als wenn sie das Thema nicht weiter erörtern wollte.

„So wie die Eltern von Bert in meiner Klasse? Die haben sich nämlich immer gekloppt. - Habt ihr euch auch gekloppt?"

„Becky! Ist jetzt gut. Das weißt du ja gar nicht so genau, was in Berts Familie los ist", bremste Robert sie, um Marianne dann gleich zu erklären, dass seine Tochter immer schon eine lebhafte Phantasie hatte. „Nun schau lieber mal, was uns unser Gast zubereitet hat … hm?"

Alle setzten sich an den Tisch, und zwischen Roberts stolz-begeistertem und Mariannes wohlwollendem Blick mischte sich Beckys unbehaglicher Gesichtsausdruck. Das Thema reizte sie irgendwie. „Die Eltern von Manfred zanken sich auch immer", musste sie noch loswerden, bevor sie vorsichtig begann, die neuartigen Speisen zu probieren. Die Erwachsenen saßen ihr beide gegenüber und wirkten so groß und mächtig. Sonst saß sie mit Robert auch immer vis-a-vis am Tisch, er sah aber anders dabei aus, mehr normal und nicht so ordentlich positioniert. Das Essen schmeckte wohl, da hatte auch Becky nichts auszusetzen. Sie war durchaus Schlechteres gewohnt, aber es machte sie dennoch nicht richtig satt, soviel sie auch davon aß. Nach dem Mahl deckte Robert gleich ab, was auch nicht üblich war, und er forderte seine Tochter auf, dem Gast doch den Garten und das Baumhaus zu zeigen, während er den Abwasch mache. Widerwillig ließ sich Becky dazu bewegen, auch wenn Marianne sie ständig dabei anlächelte. Die beiden verließen das Haus, und das Mädchen führte Roberts Kollegin in den Garten hinaus, sprach dabei aber nicht sehr viel. Was hätte sie zu dieser fremden Frau auch großartig sagen sollen? Dafür begann diese mehr und mehr, sich für das Grundstück zu interessieren.

„Das ist ja fantastisch hier. Ich habe ja nur so einen kleinen Balkon an meiner Wohnung … aber das hier … ja, da könnte man wirklich etwas draus machen … eine richtige Liegewiese."

„Wie meinst du das?", fragte Becky kritisch, denn sie fand den Garten so in Ordnung, wie er war.

„Na, einfach mal komplett herunter mähen, neues Gras sähen, düngen und so weiter … und den Stacheldrahtzaun könnte man natürlich auch ersetzen durch …"

„Äm, das hier ist mein Baumhaus", unterbrach Becky ihre Begleiterin, durchaus nicht unbeabsichtigt unhöflich. „Dad und ich haben das alleine gebaut."

„Hübsch ... Habt ihr mal drüber nachgedacht, es anzumalen ... so richtig schön bunt?" Ein hektisch euphorisches Grinsen durchfuhr Mariannes Gesicht bei dem Nachsatz.

„Nö! Mir gefällt es so, wie es ist", konstatierte Becky demonstrativ. Auch wenn sie mehr oder weniger dort ausgezogen war, wie sie es definierte, so war es doch immer noch ihr Baumhaus. Zwei Grundstücke weiter bolzten Alf und Rudolph herum, machten aber keine Anstalten, Becky erneut zu beschießen, wohl angesichts ihres Begleitschutzes. Sie überlegte, was sie für ihr Baumhaus und den Garten bedrohlicher finden sollte: Die wohlgemeinten Ratschläge von Marianne oder die allzeit zu Schandtaten bereiten Eierköpfe.

„Tja, und hier kann man einen großen Grill platzieren", schwärmte Marianne weiter, als sie Beckys und Roberts Lagerfeuerstelle entdeckte, wo er zusammen mit seiner Tochter hier und da Fisch und Kartoffeln grillte. ,Auch schon lange nicht mehr gemacht', dachte Becky kurz. Das Feuerchen im Garten war ja seit Neuem polizeilich verboten, laut Herrn Walther, der die Nachbarn immer gerne über die aktuellsten Gesetzesänderungen informierte. Becky hatte nun keine Lust mehr, sich weitere Verbesserungsvorschläge von ihrem ungebetenen Gast anzuhören.

„Ich bin müde. Ist wieder so warm heute. Werde gleich ins Bett gehen", erklärte sie, und Marianne übergab sie besorgt an Robert.

„Ist dir wieder nicht gut?", wollte dieser wissen.

„Nö. Nicht so besonders."

„Dann geh schon mal nach oben, ich komme gleich und sage dir noch Gute Nacht."

Becky verzog sich in ihr Zimmer und schob sich noch eine große Schokowaffel in den Mund, bevor sie sich bettfertig machte. Ihr Vater folgte ihr schneller als üblich; wahrscheinlich ahnte er, dass seine Tochter einen gewissen Gesprächsbedarf hatte.

„Was ist los, Maus? Mach mir keine Sachen. Wirst du krank?"

„Kommt die jetzt öfter?", kam es von dem unglücklich dreinschauenden Gesicht unter der Bettdecke hervor.

„Du meinst Marianne? Ja also … wir kennen uns schon länger … und da dachte ich … ich meine, wir …"

„Seid ihr verliebt?"

„Ja, em … wir mögen uns … also … wenn du es so nennen möchtest …"

„Ich mag sie nicht", machte Becky Roberts Versuch, sich zu erklären, zunichte.

„Aber du kennst sie doch noch gar nicht."

„Sie will mein Baumhaus anmalen und das Gras abmähen und unsere Lagerfeuerecke wegmachen."

„Ach was, das zeigt doch nur, wie toll sie es bei uns findet."

„Wird sie heute hier übernachten?"

„Öm … ja … das weiß ich noch nicht, aber ich glaube nicht."

Becky verzog mürrisch den Mund und drehte sich in ihr Kissen.

Am Sonntagmorgen klopfte es nicht, wie sonst so oft am Wochenende an Beckys Tür, wenn Robert mit Nussnugatbrötchen und Kakao erschien. Das passierte nicht jeden Sonntag, aber an diesem Morgen ahnte Becky den Grund dafür. Es war ungewöhnlich still im Haus. ‚Und die hat doch hier übernachtet', dachte sie, als sie leise nach unten schlich. Im Wohnzimmer kam ihr der Verdacht dann auch als gut gelaunte Realität entgegen.

„Guten Morgen Rebecca, na, hast du gut geschlafen? - Frühstück ist gleich fertig."

„Wo ist Dad?", entgegnete Becky ohne Mariannes Gruß zu erwidern.

„Dein Vater ist noch im Bad ... kommt aber gleich. Möchtest du vielleicht schon einen Naturjoghurt?"

„Bäh, nee ... ich mag lieber ein Marmeladen- oder Nussnugatbrötchen. - Wohnst du jetzt hier?"

„Nein, nein ... es war gestern Abend nur etwas spät, weißt du ... und wir haben ein, zwei Gläschen Wein getrunken und da ..."

Robert kam pfeifend und sichtlich gut gelaunt die Treppe herunter. Wie er und Marianne sich begrüßten, fand Becky sehr merkwürdig, als wenn sie vor ihr etwas verbergen wollten. Es gab keine Brötchen an diesem Morgen, sondern selbstgebackenes Brot, welches Marianne von zu Hause mitgebracht hatte. Sie schaute vielversprechend über den Frühstückstisch zu Becky und ihrem Vater. „Greift zu, es ist genug da."

Das Brot schmeckte pappig, und Becky musste ganz schön lange auf den Krumen herumkauen, bis sie sie endlich herunterschlucken konnte. Da half auch die dicke Portion Butter nicht, die sie darauf gestrichen hatte. Ihr Vater hingegen tat beeindruckt und lobte die Backkunst seiner neuen Freundin, kaute aber nicht weniger lange darauf herum, und Marianne erklärte mit erhobenem Zeigefinger, dass langes Kauen gesund sei. Becky fand das albern und äußerte sich nicht dazu.

„Was haltet ihr davon, wenn wir heute Mittag ein Picknick am Stausee machen - und ich angle uns für den Abend ein paar Forellen?", versuchte Robert dann die etwas wortkarge Stimmung aufzulockern.

Becky war überhaupt nicht begeistert, und Marianne wusste nicht so recht, sich zwischen den Gesichtsausdrücken von dem Mädchen und Robert zu entscheiden.

„Prima!", rief Becky, nun doch scheinbar angetan von der Idee, „dann kann ja Marianne die Fische totschlagen."

„Rebecca!", ging Robert seine Tochter an.

„Also … vielleicht sollten wir es heute nicht so lange machen, Rob", schlichtete Marianne die aufkeimende Unstimmigkeit. „Der Sommer scheint ja noch eine Weile durchzuhalten, nicht wahr, Rebecca? - Da finden wir sicher mal eine Gelegenheit, etwas zusammen zu machen." Ein wenig klang ihre Stimme beleidigt, fand Becky, und das Lächeln, das sie der Frau zuwarf, galt mehr ihrem eigenen kleinen Sieg als der Aussicht auf einen andauernden Sommer. Kurz darauf verabschiedete sich der Gast dann auch, und Robert war sichtlich bemüht, ihn im allseitigen Wohlwollen zur Tür zu begleiten.

„Komm gut nach Hause … Bis ganz bald wieder", äffte Becky ihren Vater flüsternd im Hintergrund nach. Sie war froh, als sich die Haustür endlich schloss, nachdem Robert sich schließlich durchringen konnte, Marianne flüchtig zum Abschied zu küssen.

„Wollen wir zwei denn zum Angeln raus?", bemühte er sich anschließend, seiner Tochter den Sonntag erneut schmackhaft zu machen.

„Ist mir zu warm", schmollte Becky, „außerdem hab ich noch was zu erledigen." Sie hatte zwar nicht wirklich etwas zu tun, aber zu warm war ihr trotzdem. Deswegen war ihr eher nach einem Abenteuer in ihrer Höhle - vielleicht würde sie ja Thomas zufällig am Zaun antreffen. In jedem Falle musste noch etwas Schmackhaftes her nach dem gesunden Kaufrühstück. Becky wollte sich nur schnell aus ihrem Süßigkeitenversteck im Kleiderschrank mit einer neuen Notration für ihre Höhle eindecken, als sie erschrocken auf den leeren Fleck an ihrer Wand starrte. Ihr Kleid hing nicht mehr da, so wie es noch am Abend zuvor und all die Tage dort gehangen hatte - ja, sogar kurz nach dem Aufstehen hatte sie es noch dort hängen sehen, da war sie sich ganz sicher. Sie lief ins Treppenhaus und rief nach ihrem Vater.

„Mein Kleid, Dad, mein weißes Kleid ist weg!"

Robert kam zu ihr hoch und schien verlegen. „Ach so, ja, hätte ich fast vergessen, wollte ich dir noch sagen … Ich hab's, ähm, ich habe es Marianne ausgeliehen … für ihre Tochter, du weißt schon, Larissa."

„Nein, weiß ich nicht. Wieso für Larissa? Das ist mein Kleid."

„Aber Maus, ich habe Marianne doch nur aus einer Verlegenheit helfen wollen. Schau … sie hat jetzt nach der Scheidung nicht so viel Geld gerade übrig … der teure Umzug und alles … und Larissa hat eine Ch6raufführung mit der Schule … und da braucht sie ein weißes Kleid … eben so eins. Und ich dachte, da du es ohnehin nicht tragen kannst … im Moment … da … nun, komm, stell dich nicht so an."

Becky fühlte sich plötzlich doppelt so dick, wie sie eigentlich war. „Aber das ist mein weißes Kleid … das soll niemand anderes anziehen … das ist so gemein, Dad!" Sie weinte nicht oft, auch nicht, wenn sie sich gegen diverse Attacken der Eierköpfe oder anderer Hänselaktivisten zur Wehr setzen musste. Das sah sie gar nicht ein. Aber nun ging es nicht anders. Denn obwohl sie sich einer Bedeutung dieses Kleidungsstücks nicht recht bewusst war, fühlte sie sich angesichts des unerwarteten Verlustes dieses von ihrem Vater verkannt und verraten.

„Aber Becky, das war doch nicht so gemeint. Jetzt sei nicht so schwierig. Du bekommst es ja zurück … ganz sicher. Und jetzt ist das Thema aus, Rebecca, hast du verstanden?"

„Das ist mein Kleid", protestierte Becky noch einmal und stampfte mit dem Fuß auf. Dann passierte sie ihren Vater, ohne ihn eines weiteren Blickes zu würdigen und machte sich unlustig auf zu Frau Bergers Grundstück.

Bevor sich Becky erneut in ihrer Höhle ihren Träumereien widmen wollte, lockte sie die Neugier jedoch zum Zaun entlang der Straße … vielleicht würde Thomas ja gerade in diesem Augenblick vorbeilaufen. Aber sie wurde enttäuscht, der Fichtenweg war menschenleer, und die meist älteren Anwohner waren wahrscheinlich noch alle im Frühgottesdienst. Becky betrachtete sich das große weiße Haus. Es musste viele Zimmer haben, und in der Mitte war ein großer Balkon zur Straße hin angebracht. Obwohl es so prachtvoll aussah, schien es doch verlassen und einsam in der gleißenden Sonne. Plötzlich öffnete sich die Balkontür, und Thomas trat heraus. Wie ein Prinz an einer Schlossbrüstung stand er dort am Geländer und schaute unentschlossen den Fichtenweg auf und ab. Dann kam seine Mutter von hinten an ihn heran und redete eindringlich auf ihn ein. Das Bild erinnerte Becky an eines ihrer Lieblingsmärchen: Die Schneekönigin, in welchem einst der kleine Kai in einem Eispalast mit Eiswürfeln spielen musste. Während Thomas' Mutter ununterbrochen zu reden schien, fiel sein Blick plötzlich auf Becky. Sie winkte ihm zu, und er erhob andeutend seine Hand. Seine Mutter musste ihn ziemlich im Griff haben, dachte Becky, denn alleine diese Bewegung veranlasste sie, ebenfalls zu dem Mädchen zu schauen und ihren Sohn gleich zurück hinter die Balkontür zu schieben. Becky seufzte und versank wenig später bei Kerzenschein in einem weiteren Abenteuer von Tick, Trick und Track - zwischendurch immer wieder ihre eigene Welt überdenkend.

Harrys gestohlener Walkman, die mehr oder weniger Vertreibung aus ihrem Gartenparadies aber noch mehr Beckys so achtlos weggegebenes Kleid drückten der Kleinen ganz schön auf die Seele, so sehr, dass sie sich kaum auf den Unterricht konzentrieren konnte. Dementsprechend musste Fräulein Nagelfuß ihre Schülerin in den folgenden Tagen auch öfter als sonst aus ihrer geistigen Abwesenheit herausreißen, sogar während der einigermaßen interessanten Sachkundestunden. Die zu erwartenden Reaktionen der Mitschüler ließen da auch nicht lange auf sich warten. Diese scheinbar banalen Dinge, die Beckys Aufmerksamkeit regelmäßig in Beschlag nahmen, und die sich zudem auch noch in der Vergangenheit zu häufen schienen, ließen sie manchmal an der Richtigkeit ihres Daseins zweifeln. Natürlich hatte Becky ein gutes Verhältnis zu ihrem Vater, und das war ihr stets wichtig. Sie verzieh im gerne, dass er in ihren alltäglichen Konfliktsituationen nicht immer so zu ihr hielt, wie sie es sich wünschte, ließ er ihr doch auf der anderen Seite eine große Freiheit - nämlich die, so zu sein wie sie war. Damit fühlte sie sich nicht alleine; schließlich war ihr Dad der einzige, bei dem sie sich mit ihren Interessen geborgen fühlen konnte. Er wollte sie nie in eine typische Mädchenrolle pressen und drückte sie immer kameradschaftlich an sich, wenn sie gemeinsam vor dem Lagerfeuer saßen und bis spät in den Abend hinein philosophierten. Dann wusste Becky, dass sie ein Team waren. Doch nun lagen Veränderungen in der Luft: Ihr Vater schien arg gestresst seit dem Ende der Sommerferien, seine Vorschläge für gemeinsame Unternehmungen beschränkten sich mehr und mehr nur aufs schnelle Angeln von ein paar Forellen, und seine Überlegung, für Becky einen passenden Verein zu suchen, kam ihr schon verdächtig vor. Zudem hatte noch nie eine fremde Frau in ihrem gemeinsamen Haus übernachtet, und erst recht hatte Beckys Dad sich nie zuvor so etwas erlaubt, wie die Sache mit ihrem Kleid. Das empfand sie als einen argen Vertrauensbruch. Er wusste doch, wie sehr ihr Herz an manchen Dingen hing. Wenn er es auch nicht immer verstand, so akzeptierte er es stets wohlwollend mit einem Augenzwinkern. Bei dem Kleid war das nicht so; schon fast mit einer unangenehmen Bestimmtheit hatte er die Herausgabe an Marianne gerechtfertigt. Die Entdeckung ihrer Höhle kam für Becky so gesehen im richtigen Moment. Wenn sie dort dann keine Lust mehr hatte, zu lesen, lag sie einfach nur da und erinnerte sich an die schönen Dinge, die sie mit Robert erlebt hatte. Es waren nicht unbedingt die großen Unternehmungen, wie eine Reise zur Verwandtschaft nach Amerika, nein, es waren die kleinen, für andere wahrscheinlich unscheinbaren Momente ihrer Zweisamkeit. Das alles schien doch in der letzten Zeit diffus bedroht zu sein.

Becky war erneut in jeder Hinsicht versunken, als sie in der Entfernung ganz leise eine Stimme vernahm, die nach ihr rief. „Frau Berger", schrak sie aus ihren Gedanken hoch. Sie kramte sich unter ihrer Decke hervor, blies die Kerzen aus und zwängte sich durch das Eingangsrund ihrer Zuflucht. Sie tappte mit ihrer Taschenlampe zum Ausstieg. Die Stimme kam näher, und als Becky die Öffnung des Schachtes erklommen hatte, hörte sie, dass Frau Berger mit jemandem sprach. Vorsichtig schaute sie durch den Türspalt des Verschlags. Das war doch Thomas, der da auf dem Bürgersteig stand. Becky trat hinaus und war überrascht.

„Was ist passiert, Frau Berger?"

„Ach da steckst du. Na, hast du noch nicht die Nase voll von dem alten Gerümpel da drin?"

„Nö, nö ... hab noch nicht alles durchgeschaut."

„Da bin ich mir sicher, hi, hi, hi... schau mal, das ist Thomas. Er wohnt hier gegenüber."

„Ich weiß." Becky kam zu den beiden.

Frau Berger machte Anstalten, sie unter sich zu lassen. „Er fragte mich, ob du hier irgendwo seiest ... Ich geh mal wieder; wollte dir nur ein Stück frischen Marmorkuchen mit Schlagsahne bringen - hier." Frau Berger hielt Becky das noch warme Gebäck unter die Nase, und diese sah keinen Grund, es erneut abzulehnen.

„Magst du ein Stück?", bot Becky Thomas den Kuchen an.

„Nee, danke. Ich mag Süßes nicht so."

„Echt nicht? Magst du denn Waldbeeren ... schau mal da drüben", wies Becky zu den Büschen am Zaun.

„Ja, die schon … ist ja Obst, und sehr gesund."

„Hm", nickte sie kauend, „der hier ist echt gut … hmm … sag, willst du rüber kommen und ein paar von den Beeren haben? Sind nicht mehr viele da, glaub ich."

„Also eigentlich wollte ich dich fragen …", Thomas zögerte herum, als fühlte er sich beobachtet, „ … ich wollte dich fragen, ob du ein Stück mit mir läufst … durch den Wald."

„Laufen? Ich? Durch den Wald?", kam es erstaunt zurück. „Da darf ich gar nicht alleine hin - hat mein Dad mir verboten. Außerdem mach ich bestimmt nach ein paar Metern schlapp. Ich bin nicht gut im Sport." Becky schaute an ihren Gartenklamotten hinunter und dann auf die schicke Laufmontur von Thomas.

„Macht doch nichts", meinte er und bot ihr sein Fahrrad an. „Rad fahren kannst du?"

„Ja, klar", bestätigte Becky. „Habe ein Klapprad zu Hause. Benutze es aber nicht oft; die Straßen sind mir hier zu steil."

„Verstehe. Aber meins hat eine 10-er Gangschaltung, und hier oben ist es ja eben. Das ist nämlich eine tolle Runde da hindurch. Aber Jean darf mit dem Auto nicht auf Waldwegen fahren, und alleine durch den Wald … das hat meine Mutter mir auch verboten. Allerdings ist sie heute Nachmittag irgendwo eingeladen; das kann Stunden dauern …"

„Kann Jean nicht mit dem Rad? … Ich darf wirklich nicht alleine."

„Bist ja auch nicht alleine, wir sind doch zu zweit", meinte der Junge mit einem gewitzten Gesichtsausdruck. „Und Jean auf dem Rad? - Ha, nee, das kannst du vergessen. Der ist viel zu fett dazu … der passt da gar nicht drauf", winkte Thomas ab, und ihm gleichen Atemzug fügte er hinzu: „Tschuldigung, das war nicht so gemeint."

„Kein Problem", erwiderte Becky mit immer noch vollem Mund, nur scheinbar nicht getroffen, „ich weiß selbst, dass ich zu dick bin."

„Aber auch nett", grinste Thomas, und Becky wurde rot. „Also, wie ist es, hast du Lust? Jean glaubt, ich mache Aufgaben in meinem Zimmer und sitzt im Garten. Und deinem Vater erzählen wir es einfach nicht."

„Hm … na gut", gab das Mädchen zurück, sich ein wenig geschmeichelt fühlend. Unternehmungslustig stopfte sie sich den Rest des Kuchens in den Mund und verwarf kurzerhand das Verbot ihres Vaters.

Das Gartentor zur Straße klemmte. Während sich Becky umständlich daran machte, über den Zaun zu klettern, holte Thomas sein Fahrrad aus der Garage und kam damit zurück. Becky sah gleich, dass das ein ziemlich teures Stück sein musste und traute sich kaum, darauf zu steigen.

„Geht doch prima", gab sich Thomas fachmännisch, als sie darauf ein paar Kreise drehte, und sie machten sich auf. Kurz vor dem Waldeingang mussten ihnen natürlich die Walthers begegnen, die sonst nie um diese Zeit dort spazieren gingen. Sie waren verwundert. Becky passierte sie schnell und rief ihnen hinterher, dass sie ausnahmsweise die Erlaubnis ihres Vaters hätte, gleichzeitig wissend, dass die beiden ihr das bestimmt nicht abnahmen. Becky kannte die Wege durch den Wald auswendig von diversen Spaziergängen mit ihrem Vater und hatte somit auch keine Angst, dass dort etwas passieren könnte - mehr jedoch vor der zu erwartenden Diskussion am Abend. Sie radelte neben Thomas her und ließ ihn reden, während sie sich dann doch dabei ertappte, wie ihre Augen hier und da hinter einigen Bäumen das Auftauchen komischer Typen befürchteten, vor denen sie ihr Vater immer gewarnt hatte. Thomas' Ausdauer überraschte sie, insbesondere bei dem warmen Wetter. Sie hingegen hatte schon mit dem permanenten Treten in die Pedale ein paar Probleme und war froh, nicht noch zusätzlich etwas erzählen zu müssen. Thomas aber schien einen ziemlichen Redebedarf zu haben. Er erzählte vor allem über seinen Ballettunterricht und den übrigen Sport, den er trieb, an welchen Laufturnieren er schon teilgenommen hatte und wie viele Pokale er dabei gewonnen hatte. Seine Familie erwähnte er gar nicht großartig. Es war so, als wenn er ganz alleine in dem weißen Haus leben würde. Ein wenig überheblich oder zumindest oberflächlich kam Becky das vor, so erwachsen. Auf der anderen Seite war dieser Thomas bestimmt nicht so fies wie die anderen Jungs - nur wahrscheinlich sehr mit sich beschäftigt, wie Becky ja auch. Als sie ihn später fragte, was er denn zusammen mal so mit seinem Vater unternehme, blieb Thomas plötzlich stehen. Er rieb sich mit seinem Handtuch, auf welchem ein schickes Clubemblem prangte, den Schweiß von der Stirn und meinte dann: „Er hat mir mal sein Büro gezeigt in Brüssel."

Die Runde war schnell gedreht - ganz ohne ein Auftauchen komischer Typen - und Becky war mehr außer Atem als Thomas. Wieder am Ausgang zum Fichtenweg angekommen, bedankte der sich für die unterhaltsame Begleitung. „Mensch, das war echt Klasse! Und die gute Luft."

„Ja, das mag ich gerne", bestätigte Becky, „vor allem ist es da kühler als hier auf der Straße."

„Ja, kühl ist immer gut. Ich hasse die Hitze auch. Aber wir haben ja Klimaanlage im Haus. Trotzdem, ich muss mein Laufpensum schaffen, auch wenn es warm ist. Nächstes Jahr ist Meisterschaft."

Für Thomas musste Sport das Wichtigste sein, dachte Becky, er war sicher nur schwer für ihre Interessen zu gewinnen. Ein durchdringender Pfiff schallte plötzlich von irgendwoher, und das Mädchen übergab Thomas schnell das Fahrrad. „Das ist mein Dad. Ich muss jetzt nach Hause."

Der Abend begann, wie befürchtet, ungemütlich. Die Walthers hatten natürlich gepetzt, und Becky ließ mit roten Ohren die kleine Strafpredigt über sich ergehen. Danach erfolgte, wie ebenfalls nicht selten in solchen Situationen, eine peniblere Hausaufgabenkontrolle seitens ihres Vaters als sonst, und natürlich fand er Fehler, über welche er normalerweise mit seinem typischen Augenzwinkern hinweg sah. Robert war sichtlich angesäuert, aber bestimmt nicht ausschließlich wegen dem Verstoß seiner Tochter und ihren malerisch verzierten Schularbeiten. Das spürte sie intuitiv.

„Was ist das überhaupt für ein Junge, mit dem du dich da herumgetrieben hast, und wie alt ist der?", wollte Robert wissen.

„Thomas heißt der. So alt wie ich, glaube ich, vielleicht etwas älter. Er wohnt im Fichtenweg. Er ist ganz nett ... macht viel Sport."

„Aha ... und weiter?"

„Nichts weiter. Hab ihn eben an Frau Bergers Zaun kennengelernt."

„Also, das gefällt mir nicht … Der Wald da oben ist nicht ohne. Die Polizei hat da schon seltsame Figuren aufgegriffen. Ich will nicht, dass du da alleine spielst."

„Aber ich war ja nicht alleine."

Robert suchte in seinen Papieren herum. „Papperlapapp - Herumtreiben nenne ich das, als wenn du in den Gärten nicht genug Auslauf hättest. Kaum lässt man dich einmal zu lange aus den Augen … aha da habe ich es …" Er setzte sich an seinen Tisch und begann in Eile, etwas auszurechnen. „Es ist vielleicht doch besser, wenn ich dich in einer geregelten Freizeitbeschäftigung unterbringe … Mist, das hier stimmt hinten und vorne nicht … ich habe eben noch mit Marianne darüber gesprochen … die kommt übrigens heute Abend auf ein Bier, wir haben beruflich etwas zu besprechen … sie würde dich am Wochenende gerne mitnehmen zum Tennis oder Squash. Sie und Larissa machen das auch."

Becky stieg schmollend mit ihren Hausaufgaben nach oben in ihr Zimmer. Wieso musste diese Marianne schon wieder zuhause aufkreuzen? ‚Von wegen beruflicher Besprechung', dachte sie, als sie sich widerwillig an die Bereinigung ihrer Hausaufgabenfehler machte, ‚die wollen doch nur knutschen und mich nicht dabei haben.'

Becky hatte sich gerade zur Nacht verabschiedet, da schellte auch schon die Türglocke. Dem Mädchen war gar nicht nach Einschlafen zumute, auch nicht zum Träumen in den warmen Abendhimmel. Viel zu neugierig war sie, als man sich unten begrüßte - und da war noch etwas: Marianne war nicht alleine. An der dritten Stimme erkannte Becky, dass offenbar ein weiteres Mädchen dabei war. Das musste Mariannes Tochter Larissa sein. ‚Und die hat nun mein Kleid', dachte Becky. Durch ihr Fenster hörte sie, wie die drei es sich auf dem Rasen zwischen den Birken gemütlich machten. Wie nett ihr Dad da unten zu seinen Gästen sprach. „Möchtest du vielleicht eine Limonade?", hörte sie ihn zu dem fremden Mädchen sagen und ärgerte sich, dass sie nicht auch an der Runde teilnehmen durfte. Schließlich war Larissa nicht viel älter als sie und müsste am nächsten Tag auch in die Schule. Außerdem war es viel zu warm. So beschloss Becky, die Abendrunde zumindest etwas zu belauschen, wenn sie schon nicht teilhaben durfte. Sie kugelte sich auf ihrem Sitzsack unter dem Giebelfenster ein und sperrte gespannt die Ohren auf. Viel Interessantes geschah in der Tat nicht, und Larissa langweilte sich mit quengelnden Einwürfen herum, bis Robert und Marianne ihr vorschlugen, sich doch den oberen Garten anzuschauen. „Boah, die geht bestimmt in mein Baumhaus", flüsterte Becky vor sich hin und plusterte ihre zusammengepressten Lippen mit Luft auf. Die beiden Erwachsenen redeten und diskutierten derweil, vor allem über die Arbeit und Geld. Obwohl Becky damit nicht viel anfangen konnte, spürte sie instinktiv eine Bedrohung in der Art, wie sie miteinander sprachen. Nach und nach wurde das Gespräch dann interessanter, denn Beckys Name fiel an und ab, auch wenn sie nur Satzfetzen mitbekam. Diese genügten aber, um ihre Meinung über Marianne zu bestätigen. „Sie könnte doch so viel aus sich machen … ist ja sicher kein dummes Kind", meinte sie zu Robert und sie fuhr fort: „Also mein Lieber, wenn du meine Unterstützung brauchst … ich nehme sie dir gerne am Wochenende mal ab … dann kannst du in Ruhe deine Arbeit tun und weißt sie sinnvoll beschäftigt."

„Wirklich? … ach das ist so lieb von dir", antwortete er, dann wurde es still. Becky sah die beiden förmlich vor sich, wie sie knutschten, genau wie Fräulein Nagelfuß mit ihrem Freund, welcher die Lehrerin immer von der Schule abholte. Albern fand sie das, albern und vor allem gemein. Larissa war zurück von ihrer Erkundungstour und störte die traute Zweisamkeit der Erwachsenen, die plötzlich wieder lebhafter miteinander sprachen. Und für den Rest des Abends, den Becky nicht mehr ganz mitbekam, weil sie einfach vor Enttäuschung auf dem Sitzsack eingeschlafen war, war vor allem Marianne voll des Lobes für die schulischen Fortschritte ihrer Tochter. Robert stimmte beeindruckt zu, als ob er Grund gehabt hätte, sich das auch sehnsüchtig von seiner Tochter wünschen zu müssen.

\* \* \*

Der Sommer wollte immer noch kein Ende nehmen, genauso wie das Hitzefrei und Beckys logistischer Kampf gegen das Zusammentreffen mit den Eierköpfen auf dem Heimweg. Erneut musste sie sich in einer Einfahrt verschanzen, schon sehr zu Beginn des Nachhauseweges. Sie harrte aus und war mit ihren Gedanken noch beim vergangenen Abend. Sie hatte nicht schlecht Lust, vollends in ihre Erdhöhle zu ziehen und sich zu Hause nicht mehr blicken zu lassen. Robert würde schon sehen, wie sehr sie ihm plötzlich fehlen würde. Mit der Einsicht kämpfend, dass das sicher nicht so einfach zu bewerkstelligen sei, erblickte Becky plötzlich über den Zaun der Einfahrt hinweg auf einem Balkon im ersten Stock ein im Wind flatterndes Kleid. Sie traute ihren Augen kaum und war sich sicher, dass das ihr Kleid war, das da an einem Kleiderbügel strahlend weiß baumelte. Das musste sie jetzt wissen. Zumal handelte es sich um einen der Häuserblöcke, in welchem Marianne mit ihrer Tochter wohnte. Die Tür im Zaun war nicht verschlossen, und Becky traute sich schließlich, über die kurze, dahinter liegende Treppe hinauf auf die Wiese vor die Häuserblocks zu treten. Langsam ging sie auf das erste Haus zu, und je näher sie kam, umso mehr war ihr klar, dass sie ihr Kleid wiedergefunden hatte. Das da oben musste die Wohnung von Marianne sein. Becky fasste einen Entschluss. Sie wollte sich das Kleid zurück holen, um jeden Preis. Wie es so da hing, für sie unerreichbar, fühlte sie diesen Wunsch auf einmal ganz stark ... als wenn es etwas Wichtigeres in dem Moment nicht geben würde. Aber wie sollte das Kind dort hinauf gelangen. Die Balkone und Terrassen waren zwar mit einer gemeinsamen Längsstange an der äußeren Ecke nach oben hin verbunden, aber dort hoch zu klettern würde ähnlich enden wie die kläglichen Versuche an der Kletterstange in der Turnhalle ... vielleicht ohne das zu erwartende Gelächter und das Kopfschütteln von Herrn Hammer. Enttäuscht trat Becky den Rückzug an, als ihr klar wurde, dass das so nicht ginge, immer wieder über ihre Schulter nach hinten blickend. Die Eierköpfe waren sicher schon außer Reichweite, und Becky schlenderte gedankenverloren ihren Weg heim.

Beim Mittagessen versuchte Robert seiner Tochter schmackhaft zu machen, was sie schon längst wusste.

„Stör ich dich hier zu Hause, Dad?" wollte sie wissen und betrachtete sich ihren Vater argwöhnisch, als er mit Mariannes Vorschlag rausrückte.

„Nein, auf keinen Fall, Maus, aber du kommst jetzt langsam in ein Alter, in dem es auf Dauer nicht gut sein kann, immer alleine herumzuhängen."

„Ich hänge nicht rum. Ich hab viel zu tun."

„Davon bin ich überzeugt", lachte Robert. „Aber die Zeit des Spielens, so wie du sie dir vorstellst ... verstehe mich nicht falsch ... sollte vielleicht ein wenig in gelenkten Bahnen verlaufen ... in Zukunft."

„Warum? Spiele ich denn nicht richtig?"

„Schon, natürlich tust du das ... aber schau, Marianne hat sich ..."

„Doch ... du willst mich los werden ... damit ich so toll werde wie Larissa ...", fauchte Becky ihren Vater an.

„Becky, so ein Unsinn. Davon redet ja keiner."

„Hab's aber mitbekommen, gestern Abend ... ätsch."

„Du hast uns belauscht? Das macht man nicht, das weißt du schon. - Ist ja auch egal." Robert wurde bestimmt. „Du wirst in Zukunft öfter mal mit Marianne und Larissa raus fahren ..."

„Werde ich nicht!" Becky stampfte auf, verließ den Mittagstisch und donnerte die Holztreppe hinauf in ihr Zimmer. Dort stillte sie den Rest ihres appetitlosen Hungers mit einem Riegel Schokolade. Das nachfolgende zur Ordnung rufende ‚Rebecca!' ihres Vaters überhörte sie, und sie beschloss, in Zukunft ihre Hausaufgaben im Erdloch zu machen.

Der beschäftigte Robert nickte denn auch nur mit dem Kopf, als sich Becky erneut in Frau Bergers Garten absetzen wollte. „Aber dass du mir nicht mehr in den Wald verschwindest ... wenn mir Walthers das noch einmal zu Ohren kommen lassen, darfst du nachmittags einfach nicht mehr vom Grundstück runter - fertig aus."

Das nahm sich Becky allerdings zu Herzen: Sie hatte schon einmal wegen eines Unsinns Stubenarrest erhalten - Gartenarrest kannte sie zwar nicht, der wäre aber angesichts der unbequemen Nachbarschaft nicht minder unangenehm. Auf keinen Fall würde sie Thomas abermals in den Wald begleiten, so nett er auch zu sein schien. Sie traf den jungen Sportler wieder alleine an. Im Vorgarten seines Hauses kletterte er geschickt an einer dort stehenden Fahnenstange herum, und das wie gewohnt in kurzer Sporthose und Markenshirt - als wenn er auf Becky gewartet hätte.

„Hi!", grüßte er über die Straße, „ich kann heute nicht in den Wald ... meine Mutter ist zu Hause."

„Ich darf auch nicht", rief Becky fast schon erleichtert, und Thomas' Kletterei brachte sie spontan auf eine Idee. „Darfst du denn durch die Straßen?"

„Eigentlich schon ... wenn Jean mich begleitet."

„Ich könnte ja mit dem Fahrrad neben dir her ..."

„Hm", zuckte der Junge mit den Schultern ... „muss erst fragen." Thomas sprang von der Stange ab und verschwand im Haus. Es dauerte nicht lange, da öffnete sich das Garagentor, und er erschien mit seinem Rad auf dem Bürgersteig. In den Wald durfte Becky nicht, aber die Straße hatte ihr Dad ja nicht erwähnt ... ‚Und wenn schon', dachte Becky kurz, ‚jetzt geht es um etwas Wichtiges.'

„Eigentlich soll ich nicht mit Kindern aus der Straße spielen, meint Mama. Sie sieht es lieber, wenn ich mir

Jungs aus der Schule einlade, wenn ich Zeit dazu habe", bemerkte Thomas, als er Becky das Rad überreichte, „aber ich habe ihr gesagt, dass du nicht gefährlich aussiehst, und da hat sie ein Auge zugedrückt."

„Aha - nee, gefährlich bin ich nicht. - Sag mal, du kannst bestimmt auch gut klettern, oder?", fragte sie Thomas.

„Klar", und er zeigte stolz auf die Stange. „Bis zur Mitte darf ich immer, wenn Jean die Turnmatte drunter gelegt hat."

„Warum muss eigentlich dieser Jean immer bei allem dabei sein, was du tust?"

„Meine Mutter sagt, es ist sicherer. Hat was mit Papas Beruf zu tun. Jean fährt einfach hinter uns her. Der stört uns bestimmt nicht. Außerdem kann er uns jederzeit mitnehmen, wenn was sein sollte und das Rad hinten rein packen."

„Ach so - hm ... na ja - also, was ich dich fragen wollte: Würdest du mit mir zur Schulstraße kommen und mir dort helfen, etwas zurückzuholen?"

„Zurückholen? Was willst du denn zurückholen? - Also mit Klauen hab ich nichts zu tun. Da würden meine Eltern fuchsteufelswild, und ich säße ruck zuck wieder im Internat."

„Internat? Was ist denn das?"

„Eine Schule, wo man übernachtet und wohnt. Dann sieht man seine Eltern ganz lange nicht - nur in den Ferien. Man ist nie für sich alleine."

„Echt nicht - stell ich mir schlimm vor."

„Na ja, schlimm ist es nicht - aber doof."

„Ich will ja auch nichts klauen", erklärte Becky, „sondern mir nur zurückholen, was mir gehört - ehrlich."

„Ah." Thomas schien von der Idee nicht sehr überzeugt.

„Ist nämlich mein Kleid", fügte Becky hinzu. „Das … das … hat mir jemand weggenommen."

„Wer stiehlt denn ein Kleid?"

„Na, jemand, dem es passt … also …"

„Hmmm …"

„Bitte, es ist wichtig. Ich kenne sonst niemanden, der mir helfen könnte … ich … ich zeige dir hinterher auch etwas ganz Tolles."

„Gut, abgemacht. Aber es muss echt was Tolles sein."

„Versprochen … Gimme five." Thomas schlug ein.

Den Weg bis zum Häuserblock, wo Marianne mit Larissa wohnte, fuhr Becky neben dem langsam laufenden Jungen her. Er schien wohl nie außer Atem zu kommen.

Es war am späten Nachmittag, als Becky ihren Kompagnon vor Ort in die Details einwies.

„Keine schöne Gegend hier", kam es von Thomas ein wenig abfällig.

„Ist eben Schulgegend", antwortete Becky, „komm mit."

Jean parkte in einem überschaubaren Abstand das Auto, und als Thomas ihm das teure Rad zur Beaufsichtigung anvertraute, beobachtete Becky, wie die beiden durch das Fahrerfenster diskutierten. Endlich kam der Junge zurück.

„Ich darf mich nicht weit entfernen. Jean will mich im Auge behalten", bremste Thomas Becky in ihrem wachsenden Enthusiasmus, sich zu holen, was ihr gehörte. „Wo müssen wir denn hin?"

„Hier hoch." Becky wies ihm die Treppe in der Einfahrt. „Da sieht Jean uns doch noch gut genug."

„Ok, dann erkläre mir mal, was du vor hast."

Die Kinder begaben sich zusammen auf die Wiese vor den Häuserblocks, und Becky zeigte ihrem Kameraden, wo sich das Objekt ihrer Begierde befand. Es hing noch immer unverändert da.

„Ist ne Kleinigkeit", beurteilte Thomas die Lage. „Aber das geht nicht. Da sieht mich doch jeder ... und Jean kann auch schnell um die Ecke kommen ... und wer ist dann der Dumme? Und was ist, wenn du abhaust, wenn sie mich erwischen?"

Becky war enttäuscht, dass er ihr das zutraute. „Ich hau bestimmt nicht ab, denn das da ist mein Kleid."

„Schon möglich ... aber ..." Thomas schaute unsicher die Wiese hinunter zum Wagen. „Und was ist das so Tolles, was du mir später zeigen willst?"

Eigentlich hatte Becky nur vor, ihm das Baumhaus zu präsentieren, aber die Umstände erzwangen nun angesichts Thomas' drohenden Rückziehers ein in ihren Augen härteres Kaliber.

„Eine Höhle ... eine Höhle unter der Erde ... richtig tief ... und total kühl ... die kenne nur ich ... da haben sie früher geheime Sachen gemacht und ... und ich glaube, da liegen sogar noch ein paar Knochen herum ... von Skeletten aus dem Krieg, weißt du?"

„Quatsch!"

„Wenn ich 's dir sag ... gleich in dem Garten wo ich immer spiele."

„Höhle? Echt? ... Darf ich da mit rein? Ich war nämlich schon mal in einer Tropfsteinhöhle in Schönecken ... hm ... aber da konnte man nicht weit rein."

„Meine ist viel tiefer und cooler", prahlte Becky. „Und vor allem, da kann man richtig drin wohnen."

Thomas sprang allmählich auf ihr Angebot an. Er ging ein paar Schritte in Richtung des Hauses, das Becky ihm gezeigt hatte, stellte sich auf die Zehenspitzen und prüfte den Blick hinunter zum Wagen. Dann meinte er: „Ich glaube, Jean kann von da aus nicht so richtig sehen, was wir hier tun."

„Glaube ich auch nicht", bekräftigte Becky ihn eifrig, als plötzlich auf dem Balkon, wo das Kleid hing, die Tür geöffnet wurde.

„Pass auf!", erschrak Becky, „da oben kommt wer." Schnell zog sie Thomas hinter einen Ginsterbusch vor dem Haus. Von dort aus beobachteten sie die Lage weiter angespannt, ganz vergessend, dass Jean im Wagen wartete. Becky sah von unten, wie ein Mädchen auf dem Balkon erschien, welches das Kleid abnahm und damit wieder in der Wohnung verschwand. Das musste Larissa gewesen sein, Mariannes Tochter. „Mist!", entfuhr es Becky. Dann aber trat das Mädchen wieder heraus. Sie hatte das Kleid übergezogen. Thomas und Becky spinxten vorsichtig über die Strauchspitzen nach oben.

„Das sieht wirklich klasse aus", tat Thomas beeindruckt. „Und wie sie sich darin bewegt. Die hat bestimmt auch Ballettunterricht."

Becky presste angesäuert ihre Lippen zusammen, als sie das tänzelnde Gehabe von Larissa dort oben und den staunenden Thomas neben sich gegen ihre Person gerichtet empfand.

„Mama?", vernahmen die beiden die Stimme des Mädchens auf dem Balkon, „Mama ... warum kaufst du deinem Freund das Kleid nicht einfach ab. Das sitzt perfekt und fühlt sich gut an. Außerdem ist es so schön altmodisch und weich. Kann ich es nicht haben?"

„Das ist mein Kleid", flüsterte Becky zornig hinter ihrem Busch.

Eine weitere Person trat auf den Balkon - Marianne. „Das geht nicht. Ich habe Rob versprochen, es zurückzugeben. Es gehört nun einmal seiner Tochter."

„Och bitte", bettelte Larissa herum, „so dick, wie sie ist, wie du gesagt hast, wird sie es doch sowieso nie anziehen können. - Schau, wie schön es fällt und schwingt."

„Das ist gemein, gemein, gemein!", zischte Becky vor sich hin, und Tränen traten ihr in die Augen.

Thomas wusste offensichtlich nicht, wovon er mehr angetan sein sollte, von der sich wiegenden Schönheit weiter über ihm oder von den Tränen der kleinen, dicken und verzweifelten Höhlenbewohnerin neben sich. Sie wischte sich mit dem Handrücken über die Augen. „Aber du hast recht, wenn es dir gehört, ist das echt gemein", meinte Thomas dann jedoch.

Larissa verschwand nörgelnd in der Wohnung, und kurze Zeit später wehte das begehrte Stück erneut am Kleiderbügel.

„Mann, noch mal gut gegangen." Becky war erleichtert. „Also wie ist es, traust du dich?"

„OK, ich klettere dort an der Stange hoch."

„Prima, und ich gebe dir Zeichen, wenn sich da am Fenster was tut."

Flink schlich Thomas bis zur Häuserecke, schaute sich noch einmal um und erklomm wie ein kleiner Kletteraffe die Stange. Becky hielt den Balkon im Auge, aber an den Gardinen der Balkontür regte sich nichts. Schnell war Thomas oben. Das Kleid hing so nah am Geländer, dass er dieses erfassen konnte, ohne einen Fuß auf den Balkon setzen zu müssen. ‚Wie geschickt der doch ist', überlegte Becky beeindruckt, und als ihr Kumpan nach mehrmaligem Schlenkern das Kleid samt dem Bügel vom Haken über sich gelöst hatte, rief er Becky zu: „Komm her, schnapp auf!" Beckys Herz hüpfte höher, als ihr der ersehnte Schatz kurz darauf unversehrt von oben in die Hände fiel. Sie drückte ihn sofort an sich. Thomas ließ sich wieder an der Stange herunter „Los, lass abhauen", und er klopfte Becky auf die Schulter. Bei ihr hatte er nun wirklich ein Stein im Brett. Sie schaute ihrem vorweg laufenden Helden mit einem Lächeln nach, bevor sie ihm ebenso schnell folgte. An der Treppe zur Einfahrt prallten die beiden auf Jean, der wohl einmal nach dem Rechten sehen wollte.

„Was habt ihr hier gemacht?"

„Em … nichts", stotterte Becky und ließ das Kleid hinter ihrem Rücken verschwinden, „nur was geholt … was ich hier vergessen habe."

„Aha", erwiderte der Fahrer wenig begeistert. Dann stellte er Thomas zur Rede. „Du weißt, dass ich hier draußen für dich verantwortlich bin, also lass den Blödsinn in Zukunft. Du solltest dein Laufpensum absolvieren, hat mir deine Mutter aufgetragen, und dich nicht in anderen Gärten herumtreiben." Dabei blickte er vorwurfsvoll zu Becky. „Also … Abmarsch." Jean schob den kleinlauten Thomas voran. Becky folgte ihnen mit rotem Kopf. Ein klein wenig hatte sie ein schlechtes Gewissen, aber nicht wegen dieser blöden Larissa, sondern wegen Thomas, den sie nun aufgrund dessen, was er für sie getan hatte, keinesfalls bestraft wissen wollte. Noch nie hatte jemand sich derartig für sie eingesetzt … außer ihr Vater vielleicht. Nach der Wiedereroberung ihres Kleides war es nun an Becky, ihren Teil der Abmachung einzuhalten. So verabredete sie sich mit Thomas für den folgenden Nachmittag; er würde seine Mutter schon irgendwie überzeugen können, Becky auf dem Grundstück von Frau Berger besuchen zu dürfen. Als Becky wenig später nach Hause kam, fand sie Robert etwas zerknirscht vor, als ob er eine schlechte Nachricht erhalten hätte. So gelang es ihr denn auch, das Kleid an ihrem scheinbar geistig abwesenden Vater vorbeizuschmuggeln. In ihrem Zimmer verstaute sie es dann sorgsam im Kleiderschrank. Sie würde es um keinen Preis mehr herausrücken.

Am Nachmittag darauf wartete Becky vergebens am Zaun auf ihre neue Bekanntschaft. Geduldig harrte sie bestimmt eine halbe Stunde dort aus, bis sie endlich hinter dem großen Balkonfenster des weißen Hauses eine Bewegung wahrnahm. Thomas erschien kurz zwischen den Gardinen und winkte ihr abweisend zu, was sicher soviel bedeutete wie: ‚Geh weg - ich kann heute nicht.' Nebenan waren mal wieder die Schmalbachjungs zugange. Sie heckten offenbar etwas aus. Becky schaute ihnen eine Weile aus vermeintlich sicherem Abstand zu. Sie bereiteten faustgroße Kugeln aus Lehmklumpen vor und lagerten sie fein säuberlich auf der Motorhaube des Autowracks. Hatten die Kerle es etwa auf sie abgesehen? Das konnte sich Becky gar nicht vorstellen. Oder hatten sie vielleicht sogar schon Beckys Zuflucht ausfindig gemacht? Schnell verschwand das Mädchen in seinem Versteck, um sich vom Gegenteil zu überzeugen. Gott sei Dank, es war noch alles so, wie sie es verlassen hatte. Plötzlich hörte sie draußen wildes Kindergeschrei. Als sie wieder aus dem Verschlag trat, sah sie, wie sich gegenüber auf Herrn Jonas Grundstück die Schmalbachjungs mit den Eierköpfen eine regelrechte Lehmschlacht lieferten. Gebannt schaute Becky dem Treiben zu. Nach einer Weile des gegenseitigen Bewerfens zogen sich Alf und Rudolph wieder zurück in Richtung Beckys Wiese, um sich danach erneut mit frisch geformter Munition in den Kampf zu stürzen. Die Jungs vom Schmalbachweg taten es ihnen in der Deckung des Opels gleich. Manfred kreuzte nicht auf; er war wahrscheinlich auf der anderen Seite mit der Produktion neuer Lehmkugeln beschäftigt. Das passte Becky überhaupt nicht, denn sie befürchtete, dass ihre Erzfeinde ihr Grundstück und vielleicht sogar ihr Baumhaus als Rückzugsgebiet in Beschlag genommen hatten. Langsam schlich sie auf den gegenüberliegenden Zaun zu und verschanzte sich hinter einem Busch, um genauer beobachten zu können, was da vor sich ging. Sie hatte Recht mit ihrer Vermutung: Weiter hinten in ihrem Baumhaus regte sich etwas. Sie war verärgert. Zwar hatte sie ihren Hochsitz gewissermaßen aufgegeben, aber doch niemals, um ihn anderen zu überlassen. Becky ärgerte sich wieder über ihren Vater. Der musste doch mitbekommen, was da oben im Garten los war, und sie wünschte sich einfach nur, dass er dort erscheine und den Nachbarkindern gehörig den Marsch blase. Aber das geschah nicht. Dies machte das Mädchen umso wütender, so sehr, dass sie es nicht mehr hinter ihrem Busch aushielt, zum Zaun ging und hinüber rief: „Hee … runter von meinem Grundstück und raus aus meinem Baumhaus. Da habt ihr nichts zu suchen! Sonst sag ich 's meinem Dad!" Verblüfft drehten sich die Schmalbachjungs um zu ihr, während die Eierköpfe wieder weiter hinten verschwanden.

„Was willst du?", rief der Älteste von ihnen. „Sag 's doch deinem Dad", äffte er sie nach. „Du weißt ja … du hast geraucht."

„Ist mir egal!", wehrte sich Becky.

Der Junge kam auf sie zu und machte vor dem Jägerzaun Halt. „Jetzt hau ab du fette Trulla. Du bist nicht mehr in unserer Bande, kapiert? Los, verschwinde, sonst bekommst du eine an die Birne", und drohend erhob er einen Lehmklops zum Wurf. Becky wurde noch wütender, weniger wegen der erhobenen Hand ihres Gegenübers als mehr wegen der beleidigenden Titulierung. Sie ballte ihre Fäuste in der Hosentasche zusammen, wobei sie das Messer in der rechten aus Versehen aufspringen ließ. Becky erschrak. Reflexartig zog sie es heraus und hielt es unter erstauntem Blick vor sich. Der Junge erstarrte ebenso in seiner Haltung und ließ langsam den Arm sinken. Er schaute dem Mädchen in die Augen, als ob er sich angestrengt etwas überlegen würde. Dann aber rief er nach hinten seinen Kameraden zu: „Ey … die Dicke hat ein Messer." Und zu Becky sagte er: „Gib's her … das gehört dir doch gar nicht."

Schnell ließ das Mädchen die Klinge einschnappen und stopfte das gefährliche Ding wieder tief in ihre Tasche. „Gehört es wohl …"

„Glaub ich nicht … diese Messer sind nämlich …", der Junge zögerte, weiterzusprechen. „Verboten!", rief er dann aber aus, „die sind gar nicht erlaubt … besser ist, du rückst es raus."

„Nö … wieso?", tat Becky selbstbewusst.

„Weil wir sonst deinem Vater erzählen, dass du geraucht hast und so ein gefährliches Teil besitzt … und dass du damit Leute bedrohst."

Nun glaubte sich Becky in Schwierigkeiten, und ihr war in diesem Moment nichts lieber, als das gefährliche Mordinstrument nie entdeckt zu haben. Sie hatte noch nie jemanden bedroht, das konnte sie bei allen kleinen Übertretungen hier und da mit gutem Gewissen behaupten. Aber was sollte sie tun? Sich erneut der Erpressung beugen, obwohl sie dann im Falle eines Falles nichts mehr gegen die Eierköpfe in der Hand hatte? Denn diese verdächtigte sie ja schließlich, Harrys Walkman gestohlen zu haben. Sie überlegte. Oder waren es doch die Schmalbachjungs?

„Was willst du denn mit dem Messer, wenn es doch verboten ist?", fragte Becky schließlich. „Habt ihr vielleicht den Walkman geklaut?"

„Ey … sag noch einmal, dass ich was geklaut hab, dann …", und erneut erhob sich der Arm des Jungen zum Wurf.

„Das würde ich lieber bleiben lassen!", hörte Becky eine Stimme hinter sich. Thomas stand unerwartet hinter ihr.

„Wer bist du denn? Dich habe ich hier ja noch nie gesehen", pöbelte der Lehmklumpenwerfer nun ihn an.

Becky, noch ganz überrascht über die plötzliche Unterstützung, mit der sie nun wirklich nicht gerechnet hatte, blickte gespannt abwechselnd zu ihrem Widersacher auf der anderen Seite des Zauns und zu ihrem neuen Helden. Während dessen flogen dahinter erneut Lehmgeschosse durch die Gegend. Der angriffslustige Schmalbachjunge machte kehrt und drohte nur: „Euch kriegen wir auch noch. - Und das mit dem Messer sag ich ... darauf kannst du Gift nehmen, Fettsack!" Dann musste er sich wohl oder übel wieder auf die Seite seiner Kameraden schlagen.

Becky zog Thomas vom Zaun weg. Im Hintergrund hörte sie nun die Eierköpfe plärren: „Dafür kann man in den Knast kommen, hat unser Vater gesagt." Und sie wusste nicht so richtig, ob das ihr gegolten hatte, wegen des verbotenen Gegenstandes, oder den Schmalbachjungs. Jedenfalls plagte sie nun einmal mehr die Angst, aus heiterem Himmel die Leviten von ihrem Vater gelesen zu bekommen, nur weil es einem dieser Kerle in den Sinn kam. Wahr gemacht hatten sie ihre Drohung bis dahin noch nicht.

„Komm, lass sie sich kloppen", winkte Thomas ab.

„Danke, dass du mir geholfen hast. Find ich total nett von dir." Becky freute sich, Thomas zu sehen.

„Keine Frage", kam es leicht verlegen zurück.

„Durftest du doch raus kommen?"

„Eigentlich nicht, aber meine Mutter ist eben zu ihrem wöchentlichen Kaffeekreis gefahren. Und Jean denkt wie üblich, ich mache Aufgaben. War aber einfach und ging schnell, und deswegen bin ich weg. Normalerweise schließt mich Jean immer in meinem Zimmer ein, während ich Hausarbeiten machen muss, dann kann er ein Nickerchen halten und muss nicht auf mich aufpassen - denkt er." Thomas zog einen gebogenen Draht aus der Tasche und grinste gewitzt. „Hat lange gedauert, bis er endlich ins Schlüsselloch passte."

Becky war entsetzt. „Der sperrt dich ein? Das ist ja schlimm. Mein Dad hat mich noch nie eingesperrt -

selbst beim Stubenarrest durfte ich zumindest das Zimmer verlassen. - Weiß deine Mom davon?"

„Nein, und das ist auch gut so. Sie würde mich bestimmt nicht einsperren. Das war die Idee von Jean, gleich als wir hier eingezogen waren, damit er sich sicher sein kann, dass ich nicht verschwinde, wenn er pennt. Er hat mich mit Süßigkeiten bestochen. Obwohl ich das Zeug nicht mag, hab ich eingewilligt, denn mir kam sofort die Idee mit dem Dietrich. - Nee, wenn meine Mutter das wüsste, würde Jeans Faulheit auffliegen und ich hätte gar keine Möglichkeit mehr, mich einfach mal wegzumachen, für ein Stündchen oder so - einfach nur mal raus auf die Straße, verstehst du?"

Becky schaute betreten drein. „Bist wohl nicht oft draußen, was?"

„Na ja, eben viel beschäftigt: Lauftraining, Tennis- und Klavierstunden und natürlich Ballett. - Also, was ist?", lenkte Thomas ab, „viel Zeit hab ich nicht. Du wolltest mir doch etwas zeigen."

„Ach ja, klar … hm …" Becky schaute zu den sich noch immer mit Dreck bewerfenden Jungs. „Aber es bleibt unter uns … versprochen?"

„Klaro - Ehrensache."

Zusammen betraten die beiden Kinder den Verschlag. Thomas war ganz neugierig und fand es richtig spannend, was sich darin alles verbarg - er staunte so sehr, als wenn er vorher noch nie in solch altem Kram herumgewühlt hätte - für seine Begleiterin unverständlich.

„Aber das ist nicht alles", verkündete Becky und schob die Decklatten über dem Abstieg in der Erde zur Seite. „Hier geht's nach unten … na, was sagst du?" Sie stöpselte das Kabel für die Tischlampe in der Höhle ein, schaltete die Taschenlampe an und erhellte den Schacht.

„Uff!", rief Thomas begeistert aus. Das geht ja total tief runter da."

„Willst du 's seh'n?"

„Klar doch!" Das musste Becky dem Jungen nicht zweimal sagen. Dieser schickte sich an, vorauszugehen. So flink wie er war, bereitete ihm das Hinabklettern keine Schwierigkeiten, im Gegensatz zu Becky, die immer vorsichtig einen Fuß nach dem andern, Stufe für Stufe, ertastete. Thomas wartete unten ungeduldig auf sie. „Und jetzt? Ganz schön duster hier."

Becky machte mutig einen Satz von der dritten Stiege und war schließlich bei ihm. „Hier, nimm die Lampe und dann da durch." Sie wies ihm den Weg durch den Gang und folgte ihm. „Dort in der Seite … da musst du rein. Da ist noch eine Lampe."

Thomas war sprachlos, was den Stolz, der sich in Beckys Gesicht ausbreitete, nach sich zog. Der dünne Junge schlüpfte durch das Seitenloch und half seiner Kameradin von der anderen Seite aus hindurch. Dann leuchtete er mit der Lampe umher, wie Becky es getan hatte bei ihrer Erstentdeckung, und er war genauso verblüfft wie sie zuvor.

„Na? Habe ich zuviel versprochen?"

„Nee, hast du allerdings nicht … das ist ja ein richtiger Erdstall."

„Ein was?"

„Ein Erdstall. Hat unsere Lehrerin mal von erzählt. Das sind so Höhlen unter der Erde aus dem Mittelalter. Wozu sie gut waren, weiß niemand so genau, meinte sie."

„Echt? Für mich sieht es vielmehr wie eine geheime Höhle aus. Aber Erdstall klingt noch geheimer."

„Und wo sind die Skelette und Knochen?"

„Em … ich glaube im Gang irgendwo, weiß ich aber nicht mehr so genau … em … setz dich doch hier hin." Becky bot ihrem Gast den Platz neben sich auf dem ausgelegten Fell an.

„Hast du das alles hier her geschleppt?", wollte Thomas wissen.

„Ja, so nach und nach. Hier liege ich oft und lese und mache auch manchmal meine Aufgaben."

Thomas betrachtete sich den Stapel Comics und blätterte darin herum, während Becky ihre Kerzen anzündete. „Wahnsinn. Wo hast du die alle her?"

„Mein Dad kauft sie mir jede Woche."

„Darf ich gar nicht lesen."

„Warum nicht. Sind überhaupt nicht teuer."

„Ist Kitsch", meint mein Vater, und meine Mutter bringt mir immer langweilige Abenteuerbücher mit."

„Abenteuerbücher sind doch nicht langweilig."

„Glaub mir, die, die ich lesen soll, schon. Da passiert irgendwie nichts Spannendes."

„Sonst lese ich immer in meinem Baumhaus, aber da ist es mir zu warm jetzt, und außerdem ärgern mich die Jungs da auch."

„Ich find 's prima hier unten", meinte Thomas und lehnte sich entspannt zurück.

„Ich zeig dir mal was", merkte Becky auf, erhob sich und ahmte mit den Händen Tierschatten über dem Kerzenflackern nach. „Was ist das?"

„Hmm … ein Adler?"

„Genau … und das?"

„Weiß nicht … ein Hase?"

„Giraffe … hihi."

„Was die wohl früher hier drin gemacht haben?", fragte sich Thomas, dessen Entdeckergeist ein wenig erwacht war. „Lass mich mal, ich kann auch was."

Becky setzte sich und überließ dem Jungen den Platz vor den Lichtern. Der stellte sich kerzengerade in die Mitte des Raumes. Den linken Oberarm legte er eng an den Körper und streckte den linken Unterarm im rechten Winkel nach vorne hin weg. Den rechten Arm erhob er und streckte diesen in Schulterhöhe komplett von sich. Dann beugte Thomas seinen Kopf so weit nach vorne, dass er fast auf gleicher Ebene mit dem rechten Oberarm lag. So harrte er aus und fragte Becky aus den Augenwinkeln anschauend: „Na? Was siehst du an der Wand?"

Becky stutze und legte den Kopf schief, denn das Gewölbe reflektierte Thomas' Schatten etwas verzerrt. Dann aber rief sie aus. „Ein F, das ist das große F."

„Erraten", bestätigte Thomas und entließ sich aus seiner merkwürdigen und für Beckys Augen faszinierenden Haltung.

Sie war sichtlich beeindruckt von der körperlichen Ausdrucksfähigkeit ihres Höhlenkompagnons. Aber es sah gleichwohl seltsam aus - weniger die Statur an sich, als mehr, diese an Thomas zu sehen. „Kannst du noch mehr solcher Kunststücke?", wollte sie wissen.

„Ja, aber vielleicht ein andermal." Thomas schaute auf seine Uhr. „Ich muss jetzt nach Hause, sonst erwischt mich Jean doch noch."

„Oh, ja, warte, ich komme noch mit zum Zaun."

Oberhalb des Erdstalls, wie Becky ihre geheime Behausung fortan nennen wollte, hatten sich die Gemüter offensichtlich beruhigt. Sowohl die Schmalbachjungs, als auch die Eierköpfe waren verschwunden. Was die neuerdings immer miteinander hatten, sinnierte Becky, als sie mit Thomas den Verschlag verließ; und als ob er diesen Gedanken hätte lesen können fragte er: „Sind die Kinder hier alle so wie die da drüben?"

„Weiß auch nicht. Ist immer schon so gewesen hier", entgegnete Becky kopfschüttelnd.

„Im Internat haben sie sich auch mal geprügelt … aber nur selten."

„Und auf der Schule, wo du jetzt hin gehst?"

„Nee, da hab ich das noch nicht erlebt … da will jeder nur lernen und Sport machen."

Becky zog eine Schnute und wusste nicht, ob sie diese Alternative nun besser finden sollte. „Danke noch mal für gestern …", verabschiedete sie dann ihren Erdstallgast.

„Ja, tschüss. Ist ne echt tolle Höhle; vielleicht kann ich ja morgen wieder kommen … mal sehen. Dann zeige ich dir noch mehr Balletttricks … Give Five."

Sonst bot Becky selbst diesen Gruß immer nur an; dass Thomas das nun von sich aus tat, bestätigte sie in der Hoffnung, vielleicht eine Art Kameraden gefunden zu haben. Sie wünschte es sich jedenfalls, schließlich war er auch der erste Junge, der nicht gleich zu Beginn meinte, dass sie komisch sprach; hatte er doch ihren leichten deutsch-amerikanischen Akzent zumindest nicht erwähnenswert gefunden.

„Dad? Was ist ein Erdstall?", fragte Becky ihren Vater beim Abendessen, der mehr mit einer komplizierten Zeichnung vor sich beschäftigt war, als mit dem Löffeln seiner Tomatensuppe.

„Ein Erdstall …", murmelte er vertieft vor sich hin. „Hm … egal wie ich es zeichne, es passt nicht … scheint unmöglich, diese Schaltung." Becky lugte über ihren Tellerrand hinweg auf die Zeichnung. „Nun, komm, Maus, iss, sonst wird es kalt … mal sehen … vielleicht so …"

„Also, was ist nun ein Erdstall?", bohrte Roberts Tochter weiter.

„Was? … Ach so … Ein Erdstall …", Er schaute auf. „Hab ich mal von gehört. Ist aber ein Märchen, glaube ich, von irgendwelchen Höhlen aus dem Mittelalter." Robert kritzelte weiter in seinem Plan herum.

„Ist kein Märchen", widersprach Becky.

„ … Ich muss mich mal gerade konzentrieren, ja? … Erdställe gibt es nicht, ok?"

„Ich habe aber einen gefunden."

„Ja … sicher, Maus … und nun geh nach oben und hol deine Aufgaben …"

Wieder mal typisch, dachte Becky, als sie ihren Ranzen nach ihren Hausaufgaben durchsuchte; sie hätte Robert alles Mögliche erzählen können, um dieses dann mit dem immer gleichen 'Ja, sicher, Maus' als erledigt ansehen zu müssen.

Ihr Vater war wieder einmal nicht besonders angetan von dem, was Becky an Schularbeiten fabriziert hatte. „Warum ist denn das Heft so verschmutzt … hm? Da ist ja richtig Dreck dran." Robert rieb sich mit der Hand sein müdes Gesicht, als wenn ihm nicht der Sinn danach gestanden hätte, sich in diesem Moment wirklich damit zu befassen.

„Das ist weil …“, versuchte Becky auszuweichen.

„Ach Maus … setze dich mal da rüber … in deinen Ohrensessel.“ Robert klappte das Heft wieder zu. „Ich muss mal mit dir reden.“

Oh, je, das klang nicht sehr gut - doch das, was Beckys Vater ihr dann zu vermitteln versuchte, war für sie um ein Weites schlimmer als die Drohung, sie in einen Verein zu stecken.

„Maus … hör mal. Vielleicht hast du ja bemerkt, dass ich ziemlich beschäftigt war die letzte Zeit.“ Becky nickte „Und das tut mir auch leid … ich meine, wir haben ja immer so viel unternommen früher … und das will ich auch weiter …“

„Ja … und?“

„Die Sache ist die … ich weiß nicht ob ich diese Arbeit hier“, Robert zeigte auf den Plan vor sich, „noch lange so weiter machen möchte … weiter machen kann.“

„Bist du krank, Dad?“, fragte Becky verängstigt.

„Nein, nein, da kann ich dich beruhigen, auch wenn mir das alles im Moment einige Kopfschmerzen bereitet. … Nein … ehm … ich habe mit Marianne gesprochen.“

Beckys Blick verfinsterte sich.

„ … Was ist? … Sie ist eine nette Kollegin und gute Freundin. Sie hört bald bei der Firma auf in Bitburg und will sich in Trier mit einem Elektrogeschäft selbständig machen.“

„Und was hast du damit zu tun, Dad? Wir haben doch schon ein Geschäft in Trier, wo wir immer unsere Sachen kaufen.“

„Darum geht es nicht Becky. Sieh mal, bisher habe ich mit meinen Plänen und Zeichnungen immer ganz gutes Geld für uns verdient … und das musste auch so sein, damit wir das Haus hier halten können … du weißt schon." Becky nickte wieder verständig. „Aber nun haben sich die Dinge geändert. In der Firma gab es einige Umstellungen, und sie wissen nicht, wie lange sie mich noch brauchen dort. Zudem komme ich mit meinen momentanen Aufträgen nicht klar. Sehr komplizierte Schaltungen …"

„Willst du auch nicht mehr bei der Firma arbeiten?", fragte Becky erschrocken.

„Von Wollen kann keine Rede sein, Maus. Wenn ich die Sache da auf dem Tisch nicht bis Ende nächster Woche fertig habe, werde ich viel Geld bezahlen müssen … Vertragsstrafe nennt man das … und es wird auch nicht mehr lange dauern, bis die Firma mich feuert."

„Kannst du denn nichts anderes arbeiten?"

„Das ist es eben. Hier im Ort werde ich kaum einen Job finden. Alleine deswegen müssten wir schon wegziehen. Verstehst du, es war all die Jahre eine absolute Ausnahme, dass ich den ganzen Tag zu Hause sein konnte … das wird bald nicht mehr gehen. So oder so. Und damit wir vielleicht nicht ganz aus der Gegend weg müssen, hat mir Marianne angeboten, mit ihr zusammen das Geschäft aufzuziehen … Na, ja und da brauchen wir auch etwas Geld für."

„Marianne?", entfuhr es Becky gereizt „In Trier? - Ich will hier nicht weg, Dad, und schon gar nicht wegen dieser Marianne! Gerade jetzt nicht … wo ich doch einen Kumpel gefunden habe …"

„Du meinst diesen Thomas?"

„Ja, der ist total nett … wir waren heute zusammen in …“

„Komm, Becky, das hast du bei einem der Schmalbachjungs auch gedacht - und was ist? Die toben doch lieber unter sich herum. Freunde kommen und gehen, weißt du? Du spielst ja ohnehin lieber alleine für dich.“

„Das ist aber doof.“

„Und schau, in Trier gingest du auch auf eine ganz neue Schule - ohne deine Eierköpfe. Du wolltest doch immer weg von der Schule hier. Und da lernst du sicher schnell mehr Kinder kennen als hier.“

„Schon“, schmollte Becky mit geröteten Augen, „aber das Baumhaus, meine Sachen und der Erdstall.“

„Jetzt hör mit diesem Erdstalltheater auf, Rebecca. Deine Sachen nehmen wir natürlich mit, und ich verspreche dir, dass wir uns eine Wohnung im Erdgeschoss suchen, die vielleicht einen kleinen Garten nach hinten raus hat. Da können wir dir doch auch so etwas wie ein Häuschen bauen.“

Becky war überhaupt nicht einverstanden mit Roberts Idee. Für sie stand fest, dass die blöde Marianne Schuld an allem war. „Gib es zu, du bist in sie verliebt“, warf Becky ihrem Vater vor.

„Das ist wieder eine andere Sache, Maus … aber ja sicher ich mag sie sehr gerne und sie mich auch - glaube ich zumindest.“

Zum ersten Mal seit langer Zeit mochte Becky es nicht, ‚Maus‘ von ihrem Vater genannt zu werden. „Ich finde Marianne blöd, damit du 's weißt!“, stellte sie mit verschränkten Armen klar. „Und ich werde nicht am Wochenende mit ihr fahren. Larissa ist nämlich eine eingebildete Ziege.“

„Rebecca, jetzt überspannst du den Bogen! Erstens kennst du Larissa noch gar nicht und zweitens mache ich mir die Entscheidung bestimmt nicht einfach."

„Machst du doch! Immer hältst du zu den andern! Immer glaubst du denen!" Becky schniefte und stand auf - Du bist richtig ... blöd geworden, Dad." Sie riss das Aufgabenheft an sich und lief weinend die Treppe hinauf. In ihrem Zimmer angekommen, setzte sie sich an ihren Tisch, nahm sich einen kleinen Zettel und malte mit einem dicken, schwarzen Filzstift einen großen, zerklüfteten Klecks darauf. Dann ging sie noch einmal hinunter und schob das Papier unter der Wohnzimmertür hindurch. Das war das eindeutige Zeichen eines starken Missfallens, welches Becky nur selten auf diese Weise ausdrückte. Wenn sie hingegen einen besonders glücklichen Tag mit ihrem Dad erlebt hatte, fand Robert oft einen entsprechenden Zettel vor, auf dem ihm eine gelbe Sonne entgegen lachte. Becky verschwand wieder in ihrem Zimmer und fiel erschöpft aufs Bett. Sie befiel dieses merkwürdige Schwächegefühl, welches sie schon einmal bei der Entdeckung ihres Erdstalls erlebt hatte. Ihr wurde genau so mulmig im Bauch, und sie fühlte sich ganz schlapp. Lethargisch lag sie auf ihrem Bett und schluchzte sich schweißgebadet durch ihre Gedanken. ‚Waldbeeren', kam es ihr in den Sinn, ‚das Gefühl geht vielleicht mit Waldbeeren weg.' Aber das Eimerchen von Frau Berger war längst leer; intuitiv griff Becky nach der Schachtel mit den Schokowaffeln und schlang gleich drei hintereinander davon hinunter. Danach ging es ihr etwas besser - allerdings nur körperlich. Müde war sie, genau wie beim letzten mal, und sehr viel früher als üblich schlief sie ermattet auf ihrem Bett ein.

Mitten in der Nacht erwachte Becky mit einem Aufschrei. Sie hatte geträumt, dass in ihrem Erdstall ein Feuer ausgebrochen war und sie verzweifelt versucht hatte, ihrer Höhle zu entkommen. Sie war wie gelähmt und konnte die Leiter am Ausgang nicht erklimmen. Oben sah sie ihren Vater sitzen, der mit den Eierköpfen Karten spielte. Er war mit dem Rücken zu ihr gewandt, und die Brüder Alf und Rudolf schnipsten laufend Spielkarten zu Becky hinunter, die neben ihr in drohenden, lodernden Stichflammen aufgingen. „Sie sind ganz fair geworden", hörte sie ihren Vater oben immerzu vor sich hinsagen, „sie sind ganz fair geworden, Rebecca, du musst nur stillhalten …"

Becky fand sich zugedeckt. Offensichtlich hatte Robert noch einmal nach ihr gesehen. Sie stand auf, weil sie zur Toilette musste, und auf dem oberen Flur vernahm sie Roberts Stimme aus dem Wohnzimmer.

„Also Marianne, Kuss und gute Nacht … und grüß mir Larissa. Freut mich, dass sie so einen tollen Auftritt hatte …"

‚Kuss hat er gesagt', dachte Becky, als sie sich wieder hinlegte. Sie hatte nicht schlecht Lust, Marianne auf die Probe zu stellen, denn sie war zu neugierig, wie sie und Larissa die Sache mit dem Kleid für den Auftritt denn nun geregelt hatten. Schnell stand sie noch einmal auf, um sich zu vergewissern. Aber ihr Kleid lag unangetastet tief hinten im Schrank. Mit einem mehr oder weniger zufriedenen Lächeln auf den Lippen schlief Becky bald wieder ein.

\* \* \*

Die Schwüle hatte über Nacht extrem zugenommen, und Becky kam bereits verschwitzt in der Schule an. Alle redeten dort von bevorstehenden Gewittern und dass sich das Wetter ändern würde. Der große Bert prognostizierte eine riesige Überschwemmung des Schmalbachs, der den Ort in zwei Hälften unterteilte. Noch aber saß die Hitze fest in der Luft mit den entsprechenden Auswirkungen auf den Schultag. Einerseits würde es wieder Hitzefrei geben, die dazugehörigen Heimwegschikanen inbegriffen, andererseits war an diesem Tag Sport bei Herrn Hammer angesagt, und der war bester Laune, mit der Klasse zum Sportplatz hinter der Schule zu ziehen. Becky wusste, was das zu bedeuten hatte: Die Vorbereitung auf das Sportfest stand auf dem Programm: Werfen, Springen und 100 Meter-Lauf; alles keine Disziplinen, in welchen das Mädchen je glänzen würde. Eine mögliche Siegerurkunde war für sie ohnehin kein Anreiz, also ging es vor allem darum, die 45 Minuten so unversehrt wie möglich zu überstehen und am Tag des Sportfestes vielleicht krank zu sein. Beim Weitsprung formte ihr Hinterteil eine eindeutig identifizierbare Mulde weit vor den Sandaufwürfen der Kameraden. Auch beim Ballwerfen war es nicht anders, was entsprechend von Herrn Hammer bemängelt und von der Klasse belacht wurde: „Du sollst den Ball nicht von dir stoßen, sondern werfen … das war ja wohl wieder mal nix!" Dann war der Sprint an der Reihe.

„Becky! Brauchst du eine Sondereinladung? In Startposition! … Auf die Plätze, fertig … los." Herr Hammers Startklappe knallte laut neben Beckys Ohren, und sie rannte los. Sofort waren die schlanken Mädchen Tanja und Tonja weit voraus, aber Beate lag ein paar Schritte hinter Becky; sie war offensichtlich schlecht weggekommen bei diesem 100-Meter Sprint, obwohl sie eigentlich mit zu den guten Turnerinnen gehörte. Noch nie hatte Becky jemanden hinter sich gelassen beim Laufen. Das war jetzt ihre Chance, und sie fühlte sich motiviert, den Lauf nicht nur durchzuhalten, sondern auch vor Beate im Ziel anzukommen. An der Bande johlten die übrigen Kameraden: „Beate! Beate! Beate! Komm, Komm, Komm … die Dicke schaffst du … die Dicke schaffst du …"

Nur Becky flüsterte sich alleine zu „ … Ich schaff 's … ich schaff das …", und sie keuchte sich ihren Weg voran. Beate holte unter dem Ansporn der anderen langsam auf, aber ihre Vorläuferin wollte diesmal um keinen Preis die Letzte sein: ‚Und mein Kleid gehört nur mir … mir ganz alleine …', ging es dieser durch den Kopf, als sie unter den Buhrufen der anderen die Ziellinie übertrat. Sie hatte sich völlig verausgabt und drohte, fast umzukippen. Immerhin half ihr Beate, die sich nichts aus ihrem letzten Platz machte, auf die Seitenbank und kühlte mit etwas Mineralwasser den puterroten Kopf ihrer Kontrahentin.

„Das war aber knapp", meinte Becky, fast so, als ob sie ihren mit Mühe und Not erreichten dritten Platz an ihre Klassenkameradin zurückgeben wollte.

„He, ist gut so. War mein Fehler und nicht deiner." Beate klopfte ihr auf die Schulter.

Becky nickte erleichtert; aber ein solches Zugeständnis wollte sie eigentlich nicht hören, denn für sich wusste sie, wie sie gekämpft hatte - nicht um es ihren Klassenkameraden zu zeigen, noch um der Siegerurkunde ein unerhebliches Stück näher zu kommen, nein einfach um klarzustellen, dass es etwas gab, das ihr niemand wegzunehmen hatte. Nach der Sportstunde trottete Becky etwas abseits der Klasse noch vor Herrn Hammer zurück zum Schulgebäude. Sie fühlte sich ziemlich erledigt.

„Tja, Becky", holte der Sportlehrer sie langsam ein, „du siehst, was mit etwas Anstrengung möglich ist." Dann schaute er nachdenklich zum Himmel. „Es liegt was in der Luft. Ich schätze, es wird das letzte Mal Hitzefrei geben heute …"

„Und was macht ihr mit dem Haus, wenn ihr weggezogen seid?", fragte Thomas Becky am Nachmittag, nachdem sie ihm von den Plänen ihres Vaters berichtet hatte.

„Ich glaube es wird verkauft oder so."

„Ich find 's schade, wenn du wegziehst."

„Ja, ich auch", kam es frustriert von Becky zurück. „Weißt du was ich heute Nacht geträumt habe? … Im Erdstall hat es gebrannt, und ich konnte nicht abhauen …"

„Erdställe können doch nicht brennen." Thomas schüttelte den Kopf. „Da ist doch nichts drin außer Erde und Dreck … komischer Traum. Aber ich träume manchmal auch so seltsame Dinge … Wollen wir wieder hinein? Das hat gestern so einen Spaß gemacht."

„Musst du denn heute nicht laufen?"

„Hab schon - direkt, nachdem mich Jean von der Schule abgeholt hat. Er glaubt wieder, ich würde Aufgaben machen … ha, ha!", und der Junge holte seinen selbstgebastelten Dietrich hervor.

„Wir hatten heute auch Laufen; bin Dritte geworden", erklärte Becky mit ein ganz klein wenig Stolz in den Wangen, und Thomas bestärkte sie darin mit erhobenem Daumen und einem Schulterklopfen. Becky fühlte, dass er spürte, dass das für sie ein spezielles Erfolgserlebnis war. „Na gut", willigte sie dann ein, „lass uns hinunter steigen." Nach ihrem nächtlichen Alptraum wusste sie nicht so recht, ob sie ihrer Höhle wirklich trauen konnte. Sie hatte auf einmal ein ganz komisches Gefühl - so als ob sie auch dort nicht sicher sein würde vor den Einengungen ihres Lebens. Vielleicht lag es aber auch an dem sich abzeichnenden Wetterumschwung, denn die schwüle Wärme wurde allmählich unerträglich, und in der Ferne ragten die ersten Wolkentürme in den Himmel. Selbst Frau Berger, die Becky erneut eine Schale Waldbeeren mit auf den Weg in den Garten gegeben hatte, stöhnte unter der Hitze. Sonst war ihr nämlich sogar bei sommerlichen Temperaturen immer noch zu kühl, wenn sie so ganz ohne Decke in ihrem Rosengarten saß.

Becky und Thomas teilten sich die Waldbeeren in der nicht mehr ganz so angenehmen Kühle ihrer unterirdischen Stätte. Die Luft hatte sich verändert, war etwas feuchter geworden. Die zwei erzählten sich allerlei Erlebnisse über ihr Leben und sonstige Weisheiten bezüglich dessen, was so um sie herum während ihres Alltags geschah. Und je mehr Becky erfuhr, wie sehr hausgebunden und verplant doch das Leben ihres neuen Freundes war, umso mehr wusste sie die Eigenheit ihres Alleinseins zu schätzen. Becky fühlte sich eigentlich nie einsam, nur manchmal eben alleingelassen mit den für sie doch so wichtigen Fragen, vielleicht sogar etwas zu oft in der letzten Zeit - vor allem aber von ihrem Vater Robert. Thomas war nie alleine; entweder war Jean ewig um ihn herum, oder seine Mutter war immer hinter ihm her wegen irgendetwas, ja sogar in der Schule war er stets umringt als einer der Klassenbesten. Ihn nervte das gehörig, und diverse außerschulische Aktivitäten raubten ihm schließlich den Rest seiner Freizeit. Umso aufgeweckter saß er nun in Beckys Erdstall.

„Meine Eltern sagen immer, dass das Leben kein Kinderspiel ist", resümierte er, „ … und du, du bist wohl immer draußen was?"

„Wenn es nicht regnet, meistens. Manchmal mit den Jungs vom Schmalbach. Aber die sind komisch geworden. Mein Dad will mich lieber in einen Verein stecken … hab gar keine Lust dazu. - Macht dir das eigentlich Spaß?"

„Weiß nicht … ich tanze gerne und laufe gerne. Ballett ist mein großes Hobby seit ich in der Schule bin. Hab mir das immer schon im Fernseher angeschaut und fand die Figuren ganz toll, die sie da tanzten. Das wollte ich auch mal probieren", erklärte Thomas und machte mit seinen feingliedrigen Armen eine grazile Bewegung durch die Luft. „Dann hat mich meine Mutter einmal mit nach München zum Balletttheater genommen … Mann, sag ich dir, das war eine Show. Und kurz danach war ich auch schon angemeldet für den Unterricht … hm … seitdem bin ich dabei … ja, macht echt Spaß … eigentlich … aber manchmal muss ich eben auch hin, obwohl ich nicht will … Meine Mutter möchte unbedingt, dass ich nächstes Jahr eine Prüfung mache für dass Kinderensemble in Trier."

„Ich kenne nur Mädchen, die Ballett machen", überlegte Becky, „die Jungs schauen immer nur kichernd zu. - Find ich blöd."

„Ballett?"

„Nein, die Jungs - soll doch jeder machen, woran er Spaß hat … meint mein Dad auch immer."

„Genau …", nickte Thomas.

„Sagen deine Schulfreunde denn nichts, dass du Ballett machst?"

„Nein, die sind meistens selbst beschäftigt mit ihren Aktivitäten und Terminen … nur einmal hat einer gesagt, ich sei schwul. … Hat dann einen Eintrag ins Internatsbuch bekommen … aber sonst …"

„Was ist schwul?", wollte Becky wissen, denn das Wort hatte sie schon ein paar Mal gehört, wenn die Jungs aus der Straße sich gegenseitig beschimpften."

„Weiß auch nicht so genau. Das ist wohl, wenn Jungs nicht sind, wie Jungs sein sollen … hat meine Mutter mir erklärt. Aber ich bin trotzdem ein Junge."

„Und ich ein Mädchen", stellte Becky fest und sie musste wieder an ihr Kleid denken. „Vielleicht bin ich ja auch schwul."

„Magst du Tanzen?"

„Lieber nicht." Becky rümpfte peinlich berührt die Nase. „Kann das doch gar nicht. Kann mich nicht so bewegen wie du."

„Warum nicht? Probier es doch einfach mal." Thomas stand auf und stellte sich in die Mitte der Kammer. Dann nahm er eine Grundstellung ein und vollführte vor Beckys Augen mehrere Pirouetten - so gut es eben ging mit seinen Sportschuhen auf dem unebenen Boden.

Becky staunte. „Wow, so schnell und flink … und so oft. - Dauert bestimmt lange, bis man so was kann."

„Geht so, los, jetzt bist du dran", bot Thomas Becky die Bühne an.

„Nö - lass lieber."

Er reichte ihr die Hand. „Doch, komm ich zeig dir wie man 's macht."

Zögernd folgte Becky seiner Aufforderung, und sie stellte sich recht unbeholfen neben ihn. „Ich bin im Sport überhaupt nicht gut."

„Das ist kein Sport, das ist Ballett." Thomas nahm ihre Arme und half ihr in die Grundposition. Seine Schülerin war aufgrund ihrer körperlichen Fülle nicht gerade einfach zu positionieren, aber schließlich stand sie halbwegs annehmbar in der Ausgangsstellung und schaute an sich hinunter.

„Genau …", erklärte Thomas, „jetzt musst du an die Wand auf einen Punkt gucken und dann los …" Er deutete die Drehung an. „Pirouette en dehors avec Retiré."

Becky verstand kein Wort, aber versuchte es, seiner Andeutung gleichzutun. Sie schaute geradeaus, nahm Schwung, setzte zu einer Drehung an, um sich einen Augenblick später auf dem Hosenboden sitzend wiederzufinden. „Aua … Mann … Ich kann das nicht!"

„Probier es gleich noch einmal", versuchte Thomas, sie zu überzeugen.

Widerwillig begab sich Becky ein weiteres Mal in Pose und schaffte es diesmal zumindest nach einer mehr oder weniger halben Umdrehung, ihren Körper mit einem Aufstampfen des frei schwingenden Beines abzufangen.

„Nö, ich glaube, das ist nichts für mich", ließ Becky von dem gescheiterten Vorhaben ab und rieb sich den Dreck von den Händen.

„Du hast auch nicht die richtigen Sachen dafür an", tröstete Thomas sie, und Becky fragte sich, ob sie es in ihrem weißen Kleid hätte besser bewerkstelligen können, wenn sie denn hineingepasst hätte. Bei Thomas sah die

Übung für sie so aus, als ob Tanja oder Tonja sich leicht-füßig um sich selbst drehten, doch ihre eigene Bemühung verglich sie mit der Figur, die der große Bert aus ihrer Klasse dabei abgeben würde.

Sie setzte sich an den Rand und war schon wieder ganz außer Atem. „Puh, irgendwie ist die Luft heute hier komisch drin", lenkte sie ab.

Thomas fand das allerdings auch und insistierte nicht länger auf die schief gelaufene Sache. Stattdessen kam ihm eine Idee, die vielleicht besser zu Beckys Naturell passen würde. „Wir können ja ein Luftloch graben - hier nach oben." Er zeigte an die gewölbte Decke. „Dann strömt ein bisschen Luft rein und etwas Licht."

„Meinst du? Dann kommen wir bei Frau Berger auf der Wiese raus, glaube ich - nicht dass sie da rein fällt."

„Nur so ein ganz kleines … hm … so groß wie ein Regenrohr vielleicht."

Becky fand die Idee eigentlich nicht schlecht, fühlte sich aber lustlos, in diesem Moment nach oben zu steigen und nach einem Grabwerkzeug zu suchen.

„Soll ich mal nachgucken oben im Schuppen?", bot sich Thomas an.

Becky zuckte mit den Schultern. „Klar, wenn du magst?"

Schon schlüpfte der Junge durch die Höhlenöffnung. Becky suchte derweil nach einer Stärkung in ihrer Proviantbox, aber diese war leer, und sie hatte durch die Aufregungen der letzten Tage glatt vergessen, sie nachzufüllen. So blieben ihr nur die restlichen Waldbeeren in Frau Bergers Schale. Ehe sie es sich versah, war Thomas auch schon zurück - mit einer kleinen Handschaufel, so wie man sie zum Jäten von Unkraut benutzt. „Lag oben zwischen dem alten Zeug", erklärte er und wedelte damit vor Becky herum. Ganz begeistert von seiner eigenen Idee, versuchte er sofort in der Mitte des Raumes, die Erde über sich zu lösen. „Gib mir mal den Eimer, damit ich besser drankomme", bat er Becky. Sie schob ihm das verbeulte Blechding hin. Sie fühlte sich zu müde, um mitzuhelfen und sah ihrem Kameraden lieber interessiert dabei zu, wie er eine immer tiefere Mulde in die Decke grub. Auf dem Boden sammelte sich der Dreck. Es war ein mühsames Unterfangen. Die Steine, die der Schaufel in die Quere kamen, ließen sich damit kaum herauslösen. Becky überlegte gerade, ob es wirklich viel Sinn mache, da ein Loch hineinzubohren, auch angesichts der sich ansammelnden Erde zwischen ihren Habseligkeiten, da stockte der eifrige Gräber, als er auf etwas Metallenes stieß. „Hier ist etwas!", rief er. „Komisch … das sieht ja seltsam aus", und er kratzte weiteren Lehm und Erde um den Widerstand los. Becky war neugierig geworden und stellte sich neben Thomas unter das Loch. „Warte, ich leuchte mal mit der Lampe rein." Der Junge pulte weiter an dem merkwürdigen Fund herum, er kam aber kaum vorwärts. Stattdessen offenbarte sich durch sein Gekratze mit der Schüppe die Oberflächenstruktur des Gegenstandes mehr und mehr. Irgendetwas steckte da tief drin. Becky musste gähnen und spürte ihren Hungerbauch wieder. Das Gefühl wurde allmählich bohrend. Außerdem war ihr leicht schwindelig; sodass es ihr Mühe machte, die Lampe ruhig zu halten.

„Halte das Licht etwas höher", forderte Thomas sie auf, „ja, so sehe ich besser - was ist das?"

„Sieht aus wie das Ende eines Rohres mit drei Flügeln dran", mutmaßte Becky. Gebannt schauten die beiden auf das komische Ding und dann sich mit einem erstaunt entsetzten Blick in die Augen. Fast wie aus einem Munde riefen sie plötzlich: „Eine Bombe!"

Vor Schreck rutschte Thomas von seinem Eimer ab und schlug Becky dabei unbeabsichtigt die Lampe aus der Hand. Diese fiel zu Boden, wo sie augenblicklich erlosch, genau wie die Kerze, in welche der Junge beim Abrutschen hineingetreten war. Es war auf einmal stockfinster in der Kammer, und die Kinder hörten sich gegenseitig atmen.

„Ich hab Schiss", flüsterte Becky, die zudem eine aufsteigende Schwäche in ihrem Körper zu spüren glaubte. „Bist du noch da?"

„Ja hier, direkt vor dir. Ich habe auch Angst", kam es kleinlaut von Thomas. Er tastete nach seiner Kameradin. Als sich ihre Hände gefunden hatten, hielten sie sich krampfhaft aneinander fest. „Was machen wir jetzt?"

„Im letzten Jahr haben sie so ein Ding unten im Ort gefunden", wusste Becky zu berichten. „Das ist damals explodiert, als der Bagger es ausgraben wollte. Gab ein mächtiges Loch, und zwei Männer sind gestorben. Mein Dad sagt, hier liegen noch viele Granaten rum aus dem Krieg."

„Hab ich von gehört. Mein Vater war mal beim Militär. Der kennt sich mit so was auch aus."

„Echt?" Becky drückte die Hand ihres Freundes fester. „Und …?"

„Ja … und er hat mir erzählt, dass das Gefährliche die Zünder sind. Wenn die klick machen, dann geht das Ding in die Luft."

Irgendetwas machte klick, als hätte es das Schicksal heraufbeschworen. Die beiden Leidensgenossen zuckten zusammen. Es hätte alles sein können, von einer Scherbe der zerbrochenen Glühbirne über ein herab fallendes Steinchen von der Decke bis hin zu …

„Der Zünder!", rief Becky erschrocken aus, und beinahe kopflos stürmte sie mit Thomas an der Hand zur Ausgangsöffnung der Kammer, oder besser gesagt, in die Richtung, wo sie sie vermutete.

„Wo ist das Loch, wo ist das Loch?", rief Becky, die sich augenblicklich immer schwächer fühlte. „Mist … nicht jetzt … bitte nicht jetzt … ich will hier raus." Sie war einer Panik nahe und tastete sich unkoordiniert mit Thomas hektisch im Dunkeln an der Höhlenwand entlang.

„Was hast du denn, Becky?"

„Mir ist gar nicht wohl, fühl mich so komisch schlapp … ich will hier nur  raus … es ist so eklig dunkel. Wo ist denn die Taschenlampe?"

„Keine Ahnung - Hier! Hier ist das Loch!", meldete der Junge endlich … geh du zuerst …"

„Ich kann gar nicht … ich weiß nicht, ob ich das schaffe."

„Doch das muss gehen … los mit den Beinen zuerst."

Becky wusste nicht, wie ihr in dem finsteren Verlies geschah, als Thomas sie mehr durch den Kammereingang schob, als sie selbst hindurch kriechen konnte. Denn als ein Gefängnis empfand sie auf einmal ihr ehemals so geschätztes Geheimnis. Schließlich stand sie auf wackligen Knien im Zugang und sah endlich am anderen Ende ein wenig einfallendes Licht aus der Höhe. Thomas folgte ihr, tastete umher und nahm sie wieder bei der Hand. Dann zog er das Mädchen, welches fast drohte, ohnmächtig zu werden, hinter sich her. Endlich hatten sie den Aufstiegsschacht erreicht.

Becky ließ sich entkräftet im Erdhaufen darunter nieder: „Nee … ich kann nicht da hoch, ich bin total müde und schwach."

„Doch! Du musst! Das Ding kann jeden Moment explodieren", steigerte sich Thomas in seine Angst hinein, und er zerrte wie wild an Beckys Arm. „Komm, hoch … hoch, versuch es!" Nun war auch er fast dem Weinen nahe. Seine zusammengesackte Kameradin schüttelte nur noch den Kopf und sagt gar nichts mehr. Sie versuchte durchzuatmen, dann raffte sie sich noch einmal auf. Thomas half ihr an die Stufen. „Du kletterst vor, ich stütze dich von hinten." Ganz langsam und zittrig setzte Becky jammernd zu ihrem Aufstieg an, und der Junge folgte ihr dicht bei. Dabei versuchte er, mit einer Hand ihren Po zu stützen und sie nach oben zu drücken. Das war gar nicht so einfach bei ihrem Gewicht. Immer wieder schaute Becky nach unten und wimmerte vor sich hin. „Ich kann nicht weiter - geht nicht mehr."

„Dooooch …", und Thomas drückte wie wild von unten nach. Gleichzeitig begann er, aus vollem Halse um Hilfe zu rufen. Becky erreichte den Ausgang mit Mühe und Not. Verzweifelt klammerte sie sich mit den Händen an der obersten Stiege fest. Dann ging nichts mehr. Ihr Körper sackte ein Stück nach unten, und Thomas musste eine gehörige Anstrengung aufwenden, ihren Absturz zu verhindern. Becky blickte völlig ermattet und mit Schweiß auf der Stirn über den Ausstiegsrand und sah auf einmal zwei Sandalen unmittelbar vor sich stehen. ,Jetzt bin ich dran', schoss es ihr in ihrer Schwäche durch den Kopf, als sie weiter aufsah. Manfred - offensichtlich durch Thomas' Rufe angelockt -, starrte wie gebannt in das Loch, ohne irgendwelche Anstalten zu machen, den beiden Festsitzenden zu helfen.

„He, du da oben … hilf uns! Hier unten ist eine Bombe", ließ Thomas aus der Tiefe verlauten. Manfred aber zog es vor, kehrt zu machen, und er stolperte Hals über Kopf aus dem Verschlag hinaus.

‚Jetzt kann ich was erleben', dachte Becky wieder, die völlig kraftlos dort hing. War da nicht noch eine kleine Rechnung offen? Schließlich hatte sie den Eierköpfen erst ein paar Tage zuvor aus dem sicheren Auto ihres Vaters heraus Grimassen geschnitten. Das würde sich nun rächen, und sie würde die ganze ungerechte Härte des Lebens zu spüren bekommen.

„Geht es?", stöhnte Thomas unter ihrer Last. Aber fallen lassen wollte er Becky auf keinen Fall. „Vielleicht holt er ja Hilfe."

„Ich weiß nicht", wimmerte sie vor sich hin. „ich trau mich nicht, einen Fuß zu heben, sonst rutsche ich vielleicht ganz ab. Meine Knie sind total wackelig." Und während sie sich noch verkrampfter an der oberen Stiege festklammerte, versuchte ihr Kamerad einmal mehr, von unten nachzuschieben. Aber es war zwecklos. Beide verloren von Minute zu Minute an Kraft. Sekunden später vernahm Becky eilende Schritte vor dem Verschlag, die sich rasch näherten. ‚Die Eierköpfe', durchfuhr es sie. Die Tür wurde aufgerissen, und noch bevor sie den Gedanken an Juckpulver oder sonstige Malträtierungen zu Ende gedacht hatte, spürte sie auch schon das Zupacken mehrerer Hände an ihren Armen. Aber es fühlte sich nicht gewalttätig an, sondern ganz im Gegenteil, sicher - so als ob jemand sie nach oben ziehen wollte.

„Komm, fass meinen Arm hier", sagte eine Stimme, und Becky blickte auf - direkt in Rudolphs Gesicht. Daneben hielt Alf ihren anderen Arm fest. Schließlich schafften sie es mit Thomas' Unterstützung von unten, das Mädchen an die Oberfläche zu befördern.

„Was hat sie?", wollte Rudolph von Thomas wissen, als auch er endlich dem Schacht entstiegen war.

„Keine Ahnung, sie war schon die ganze Zeit so komisch ... aber wir müssen schnell weg hier, da unten ist eine Bombe, die kann jeden Moment hochgehen."

„Echt?", fragte Alf „dann nichts wie weg. Mein Vater hat gesagt, damit treibt man keine Späße. Er ist Polizist und war schon einmal bei einer Entschärfung dabei." Becky lag regungslos auf dem Rücken und konnte dem, was um sie herum geschah, nur teilnahmslos zusehen. „Los, wir tragen sie raus - nehmt ihr sie bei den Beinen, und ich nehme ihre Arme. - Manfred, was stehst du da so blöd rum. Mach hin,  lauf nach unten zu der alten Frau und hol Hilfe."

Während Manfred den Garten hinab stürmte, nahmen die anderen Jungs Becky bei den Armen und Beinen und schleppten sie aus dem Verschlag auf die Wiese.

„Noch weiter", meinte Thomas, „so ein Bombenkrater kann riesig werden." Eilig brachten sie die Gerettete zum Gartenzaun und legten sie in das Gras zwischen die Waldbeersträucher.

„Beeren, ich brauche Waldbeeren ... ganz viele", kam es leise von Becky, die versuchte sich etwas aufzurichten.

„Du bist ja total weiß im Gesicht - fast wie ein Geist", erschrak Rudolph, der sonst nicht so aussah, als ob ihn etwas entsetzen könnte. „Los, wir müssen ihr Beeren pflücken."

„Ja", bestätigte Becky, „ganz, ganz viele."

Die Jungs bemühten sich, so viele von den kleinen blauen Beerchen wie möglich zwischen den mittlerweile von Frau Berger abgeernteten Büschen heraus zu picken. Dementsprechend mager war ihre Ausbeute. Gerade mal eine Handvoll bekamen alle drei zusammen. Thomas flößte dem zitternden Mädchen die Früchte in den Mund, die Becky sofort gierig hinunterschluckte.

„Mir ist so komisch kalt." Becky fröstelte, worüber Alf und Rudolph sich erstaunt zeigten. „Boah, ist doch total warm." Und als sie das sagten, war aus der Ferne ein Geräusch zu hören, welches Becky ein Lächeln entlockte. Sie schaute Richtung Westen, und da war sie endlich: Die schwarze Wolkenwand, nach der sie sich seit Wochen gesehnt hatte, zog ganz allmählich heran.

Vom unteren Garten her näherten sich im Laufschritt einige Personen den auf Hilfe wartenden Kindern. Es war Manfred, gefolgt von Frau Berger und Beckys Vater. Auch Wachtmeister Lohmann, der Vater von Manfred, Alf und Rudolph, folgte in einem gewissen Abstand, nachdem ihn sein Sohn - schon allein wegen der Bombe - wohlweislich mitinformiert hatte. Er hatte eine Taschenlampe mitgebracht. Robert war sofort bei seiner Tochter und nahm sie in den Arm.

„Ist alles gut, Maus, ich habe Dr. Drilling angerufen. Er wird gleich hier sein."

Becky nickte: „Es gibt Gewitter, Dad … endlich gibt es Gewitter."

„Magst du noch Beeren?", kam Frau Berger bekümmert hinzu und reichte Becky einen Joghurtbecher voll, welchen die Kleine ebenso dankbar wie schnell leerte.

Aber an ihrem sonderbaren Zustand änderte das diesmal nur wenig.

„Was ist mit der Bombe", wollte Wachtmeister Lohmann nun wissen. „Wenn es sich wirklich dabei um einen Blindgänger handeln sollte, ist es besser, wenn alle sich nach unten begeben."

„Da drüben in dem Schuppen … da ist ein Loch, das führt in die Höhle", erklärte Thomas, und Frau Berger staunte nicht schlecht, als sie erfuhr, welches Geheimnis ihr Garten all die Zeit geborgen hatte.

„Davon hast du mir ja nie etwas erzählt, Becky. Dann ist doch wahr, was die Leute früher gemunkelt haben, nämlich, dass irgendwo in den Gärten am Fichtenweg eine Höhle sei, die die alte Glaubensgemeinschaft für ihre Rituale genutzt hat."

„War ja auch mein Geheimnis … aber jetzt …", kam es halb enttäuscht zurück und doch heilfroh, der plötzlich so bedrohlichen Zuflucht entkommen zu sein. „Da sind noch meine Sachen drin. Was ist damit? Explodieren die alle? - Es hat nämlich schon ‚klick' gemacht."

Robert beruhigte seine Tochter: „Nein Maus, Herr Lohmann schaut mal nach dem Rechten dort, nicht wahr?"

„So so, klick, hat's gemacht?", fragte Herr Lohmann mehr amüsiert als besorgt, „na dann hätte es wohl längst gerumst. - Aber ich gehe da jetzt rein, und was ich rausholen kann, bringe ich mit. Und wenn es gefährlich wird, muss ich sowieso die Kollegen von der Feuerwehr und vom Kampfmittelräumdienst benachrichtigen. Dann wird hier oben erst mal alles abgesperrt."

Während sich der Wachtmeister von Thomas den Eingang zu Beckys Erdstall zeigen ließ, begaben sich die anderen nach unten in Frau Bergers Rosengarten. Dort kam ihnen schon Dr. Drilling entgegen. Robert legte Becky auf die Bank, auf der Frau Berger sonst immer saß, um ihre Blumen zu betrachten. Sie hatte sie eilig mit einer Decke ausstaffiert. Dr. Drilling setzte sich zu dem Mädchen. „Dann erzähl mir mal genau, wie das gekommen ist", bat er sie, während er ihren Blutdruck maß und mit dem Stethoskop ihr Herz abhörte. Becky erzählte, was sie empfand, und dass sie das schon ein paar Mal befallen hatte … ganz anders als die Ohnmachten in der Schule. Dr. Drilling nickte. Es schien ihm sehr bald klar, was seiner kleinen Patientin fehlte.

„Also, das mit den Waldbeeren geht schon in die richtige Richtung - in vielerlei Hinsicht", meinte er. Er schaute ernst zu Robert auf. „Hier", wandte er sich dann zu Becky, „lass die im Mund zergehen, danach wirst du dich sofort besser fühlen, und wenn du gleich zu Hause bist, musst du etwas Kräftiges zu dir nehmen. Versprochen?" Die Kleine nickte. Der Arzt verabreichte Becky zwei konzentrierte Traubenzuckerplättchen und nahm ihren Vater anschließend zur Seite. „Ich würde gerne kurz unter vier Augen mit Ihnen sprechen."

Becky lutschte den Traubenzucker und kam in der Tat schnell zu sich. Die übrigen standen um sie herum. Wie sie sich so allmählich erholte, konnte sie die Situation sogar ein klein wenig genießen. Sie stand voll und ganz im Mittelpunkt des Geschehens, ohne dass sie etwas dazu leisten musste. Das entfernte Donnergrollen kam langsam näher. In die Luft war Bewegung gekommen, die ab und an einen kühleren Schwall mit sich brachte. Gleichzeitig näherte sich die Schwärze am Horizont immer mehr. Becky atmete erleichtert durch. Sie lächelte Frau Berger an, und auch den Eierköpfen warf sie ein flüchtiges Grinsen zu.

„Ist sie schlimm krank?", getraute sich Alf, vorsichtig in die Runde zu fragen, und auch Rudolph schaute mehr verlegen drein als angriffslustig.

„Ich glaube nicht", freute sich Frau Berger. Sie strich Becky über das Haar. „Ihre Wangen sind ja schon wieder ganz rot - und ihr müsst euch auch gar nicht schämen, dass ihr dem Mädchen geholfen habt." Mit einem verschmitzten Grinsen, welchem gleichzeitig eine gewisse Ernsthaftigkeit zu entnehmen war, sah sie den Brüdern in die Gesichter. „Das war doch sicher ganz selbstverständlich für drei so große Jungs wie euch, oder?"

„Gib ihr das Ding jetzt", meinte Manfred schüchtern, und er versetzte seinem großen Bruder einen leichten Stoß.

„Ja … richtig … klar … ich hole es." Rudolph rannte davon.

Der Doktor hatte sich verabschiedet und Robert kehrte mit einer bedächtigen Miene zurück. „Na, wie fühlst du dich? Meinst du, du kannst aufstehen, Maus? - Dann werden wir gleich mal ein zünftiges Abendbrot machen, einverstanden?"

„Au, ja, hab auch richtig Hunger jetzt da drauf." Becky erhob sich. „Mir geht 's gut, viel besser jetzt. Nur müde bin ich …"

„Ich weiß", nickte ihr Vater, „ich erkläre dir das zu Hause."

Inzwischen waren Thomas und der Wachtmeister zurück. Letzterer hob den Daumen. So schmutzig wie seine Hose war, musste es ihn wohl einige Anstrengungen gekostet haben, durch die Höhle zu kriechen. „Na, da habt ihr ja einen tollen Fund gemacht. - Wirklich eine Riesenbombe …" Er musste lachen. „Hier … gehört sicher dir." Der Polizist überreichte Becky einen Stapel Comics, eine Taschenlampe und ihre Decke.

„Du … du warst da wirklich richtig drin?" staunte Robert über das Abenteuer seiner Tochter.

„Ja … der Erdstall … wollte ich dir doch erzählen, aber du hast mir ja nicht geglaubt."

Beckys Vater bekam einen roten Kopf.

„Auf jeden Fall kann ich Entwarnung geben", fuhr Herr Lohmann fort. „Es ist ganz schön eng da drin - für einen Erwachsenen. - Ihre Tochter hat es sich aber in der Tat da recht gemütlich gemacht." Er schüttelte den Kopf. „Auf was für Ideen Kinder manchmal kommen. - Na ja, ich habe eure vermeintliche Bombe gefunden. Konnte mich kaum durch die Seitenöffnung da zwängen. Das Teil sieht dem hinteren Ende eines Granatenleitwerks in der Tat täuschend ähnlich. Da hätte ich an eurer Stelle wahrscheinlich auch Reißaus genommen. - Allerdings ist es wohl nichts anderes als ein in Vergessenheit geratener Erdanker - ziemlich rostig - vielleicht für einen Antennenmast oder eine große Wäschespinne. Muss schon sehr lange da in der Erde stecken. Solche Modelle gibt's heute gar nicht mehr, glaube ich." Und zu Frau Berger drehte er sich mit beeindrucktem Gesicht. „Da haben sie echt ein Schätzchen im Garten - interessiert vielleicht den Geschichtsverein."

„Glauben Sie wirklich?" Frau Berger zog ungläubig die Augenbrauen hoch.

„Ja, fast denkmalschutzverdächtig."

Die alte Dame strich Becky über das Haar. „Nicht auszudenken, was dir da sonst noch hätte passieren können."

„Gar nicht!," tönte Becky, nicht ohne Stolz, dass sich die Welt in diesem Moment um sie drehte. „Mein bester Freund war ja mit dabei", und sie grinste Thomas an, der sich verlegen am Kopf kratzte.

Rudolph eilte vom unteren Grundstück herauf, und er hatte etwas mitgebracht.

„Da ... bitteschön ... tut mir Leid." Der Junge streckte unter den streng blickenden Augen seines Vaters die Hand zu Becky aus und überreichte ihr Harrys verloren geglaubten Walkman. Becky machte große Augen. Sie wusste gar nicht, was sie dazu sagen sollte. „Wir haben ihn den Schmalbachjungs abgeluchst. Die hatten ihn in deinem Baumhaus gefunden", erklärte Rudolph.

„‚Geklaut' ist wohl der bessere Ausdruck", verbesserte Herr Lohmann seinen Sohn, „wie gut, dass ich das auch mal erfahre."

„Ja ... und wir wussten jetzt nicht genau, weil wir doch immer ... em."

Becky war viel zu erleichtert, um die Erklärungsnot ihres Erzfeindes abzuwarten. „Danke, das ist total nett von euch", und sie reichte Rudolph die Hand. Der erwiderte, überrascht über das spontane Friedensangebot. Diesem konnte er nun kaum mehr ausweichen. Ein heftiger Donnerschlag läutete den bevorstehenden Wetterwechsel schließlich ein, fast so, als ob er die Geste der beiden Kinder gleichzeitig besiegeln wollte.

„Ach so, ehe ich es vergesse ... dies hier", Herr Lohmann zog ein Springmesser aus seiner Hosentasche, „das ist erst einmal beschlagnahmt. Kann mir nicht denken, dass dein Vater dir so etwas erlaubt hat … oder?" Er schaute zuerst Becky und dann Robert fragend an. „Das ist nämlich eins der gefährlichen und verbotenen Sorte dazu."

„Em … nein … auf keinen Fall", jetzt bekam Becky heiße Ohren und blickte verunsichert zu ihrem Vater auf. „Ich … em … hab es nur gefunden … ganz ehrlich … und ich hab auch niemanden damit bedroht."

„So, so, hast du denn eine Ahnung, wem es gehört?"

„Also zuerst dachte ich … ich meine …" Becky überlegte was sie sagen sollte und war gleichwohl froh, das unheimliche Ding an den Richtigen losgeworden zu sein.

„Nun sag schon, Maus", forderte ihr Vater sie auf, „wo hast du es her?"

„Aber wenn ich 's sage, dann …"

„Ja? Dann was?", hakte der Polizist nach, und auch Robert schaute nun etwas ernster drein … nicht mehr so bekümmert.

„Na, dann wollen sie petzen, dass … dass ich geraucht habe", kam es fast unhörbar aus seiner Tochter heraus.

„Ah … wollen sie das?" Herr Lohmann musste schmunzeln. „Ist dir denn wenigstens schlecht geworden?"

„Und wie … hab nur einmal dran gezogen."

„Dann weißt du ja für die Zukunft Bescheid, nicht wahr?" Das Mädchen nickte eifrig, erleichtert darüber, dass auch ihr Vater angesichts des gutmütigen Lächelns des Polizisten geneigt war, die Sache auf sich beruhen zu lassen.

„Es lag halt unter meinem Baumhaus, als die den Walkmann geklaut haben", erklärte Becky nunmehr frei von Furcht vor weiteren Repressalien.

„Dann weiß ich ja, mit wem ich reden muss", erklärte Herr Lohmann. „Das Ding ist nämlich um einiges gefährlicher als eure Bombe da oben und gehört nicht in Kinderhände. Tja - mehr gibt's da wohl nicht zu sagen."

Der Wachtmeister forderte seine Sprösslinge auf: „Abmarsch nach Hause", und von Beckys Vater verabschiedete er sich mit einem Augenzwinkern: „Kein Juckpulver mehr in Zukunft - Versprochen."

Der wurde verlegen, doch Frau Berger nickte ihm wohlwollend lächelnd zu: „Manchmal hat man einfach zu viel um die Ohren, nicht wahr, Herr Thomson? - Wozu sind wir denn Nachbarn?"

Nachdem Becky und Thomas sich schließlich mit einem kräftigen „Give Five" verabschiedet hatten, brachte Robert seine Tochter nach Hause. Frau Berger musste ihr derweil versprechen, darauf achtzugeben, dass niemand anderes so einfach in ihren Erdstall eindringt. Sie hatte zwar jetzt dieses Geheimnis nicht mehr, aber es war doch immer noch ihre Höhle. Ihr Vater schloss gerade die Haustür auf, da spürte Becky einen kalten Tropfen auf der Stirn. „Es liegt was in der Luft, Dad", lachte sie Robert an, welcher ebenfalls angesichts des zu erwartenden Regengusses durchatmete.

„Ja, Maus ... da hast du wohl recht ... das tut es. - Magst du mir beim Abendessen helfen? Ich dachte an Kartoffelbrei mit Frikadellen und Möhrengemüse."

„Prima, haben wir lange schon nicht mehr gemacht."

Es schüttete in Strömen, und es krachte ganz schön gewaltig ums Haus herum. Robert hatte die Fenster gekippt, und eine gemütliche Dunkelheit, wie Becky sie so gerne mochte, machte sich in den Räumen breit. Sie genoss die herein strömende, kühle Luft in vollen Zügen, während sie am Tisch saß und darauf wartete, dass ihr Vater das Abendessen servierte.

„Machen wir jetzt öfter so ausführlich ... müssen wir einfach machen", erklärte Robert nachdenklich und setzte sich zu seiner Tochter an den Tisch. Dann begann er zu erläutern, was Dr. Drilling zuvor mit ihm besprochen hatte.

„Was ist eine Stoffwechselentgleisung?", unterbrach ihn Becky.

„Das passiert, wenn die Dinge in deinem Körper durcheinander kommen und wenn sie sich dann gegenseitig nicht mehr richtig einstellen können. Normalerweise verbraucht dein Körper Zucker in Nahrungsmitteln oder auch Süßigkeiten nach und nach. Aber manchmal geht das zu schnell ... man nennt das Unterzuckerung ... eben genau das, was dir immer passiert."

„Dann sollte ich wohl keine Süßigkeiten mehr essen, was?", resümierte Becky nicht gerade begeistert.

„Doch, darfst du - aber nicht mehr so viele. Und wie Dr. Drilling mir erklärte, kommen bei dir noch zwei Dinge dazu. Zum einen ..."

„Ich bin zu fett ... ich weiß."

„Ja, du weißt ... und ich müsste es auch wissen ... und deswegen habe ich beschlossen, etwas daran zu tun."

Becky schaute erstaunt auf.

„Ja", zuckte Robert mit den Schultern, „du segelst an einem Diabetes, der sogenannten Zuckerkrankheit vorbei, hat der Doktor gesagt. Und das müssen wir auf alle Fälle verhindern, Maus. - Zum anderen kommst du jetzt allmählich in ein Alter, wo sich dein Körper umstellt. Du bist kein kleines Kind mehr ... ein junges Mädchen wirst du langsam aber sicher ... also ..."

„Du meinst, ich bekomme einen Busen, wie die Schwester vom großen Bert?"

„Ja ... auch das ... ehm ... und alles so was eben. - Damit muss dein Körper fertig werden, verstehst du?"

Becky verstand so in etwa, zumindest war ihr klar, dass ihr Vater es ernst meinte, so eindringlich, wie er ihr das alles erklärte. „Hm ..." Sie dachte nach. Vielleicht passt mir ja dann auch irgendwann mein Kleid."

„Bestimmt wird es das, wenn wir uns Mühe geben ... und ich mir Zeit nehme ..."

„Darf ich noch etwas Kartoffelbrei?"

„Ja, sicher ... nimm dir."

Das Püree schmeckte zwar wie immer ein wenig ungesalzen und klumpig und die Frikadellen zu trocken, - nicht so lecker und saftig wie die Burger vom Schnellimbiss -, aber Becky ahnte, dass sich das in Zukunft ändern würde.

Der Wind hatte sich etwas gelegt und rauschte nun leicht durch die Birken vor Beckys offenem Giebelfenster. Endlich war es wieder da, das so lang ersehnte Knarren in den Bäumen, das ihr sonst oft beim Einschlafen half. Die Dunkelheit brach allmählich herein, und das Gewitter war in einen ausgiebigen Landregen übergegangen, der sicher bis zum Morgengrauen andauern würde. Becky lag eingekuschelt unter ihrer Bettdecke. Sie lauschte auf das leichte Prasseln über ihr. Wahrscheinlich war es in diesem Moment im Erdstall gar nicht so kuschelig, überlegte sie sich, und sie freute sich, dass sie Harry am nächsten Tag den Walkman repariert zurück geben konnte. Irgendwann würde sie auch einmal ein solches Gerät besitzen. Da war sie sich sicher. Robert saß an der Bettkante und hatte sich die ganze Erdstallgeschichte erzählen lassen, allerdings erwähnte das Mädchen nicht die Rückeroberung seines Kleides - Becky wollte die gerade so heimelige Stimmung nicht unnötig trüben. Es war zum ersten Mal seit langem, dass ihr Vater sich so viel Zeit für ihre Ausführungen nahm. Als sie fertig war, nickte sie zufrieden vor sich hin. „Ein ganz schön spannender Tag, Dad, was?" Sie blickte ihrem Vater fragend in die Augen.

„Das kannst du wohl sagen ... ja ... und dieser Thomas ... scheint ja ein Netter zu sein. Vielleicht mag er ja hier und da zu uns kommen ... ich spreche mal mit seiner Mutter. - Was denkst du?"

„Wow Dad, das wär' toll!"

„... Ach Maus ... mir tut das alles so leid ... auch das mit Marianne."

„Wieso? Was ist mit ihr?" Becky setzte sich neugierig auf. Marianne hatte sie unter dem Trubel des Tages ganz verdrängt, obwohl diese ja eine der vielen, kleinen Stolpersteine in Beckys Leben war.

„Nach langem Hin und Her habe ich beschlossen, doch nicht das Geschäft in Trier mit ihr zusammen zu eröffnen", fuhr Robert fort. - „Nein, das soll sie mal alleine machen. Irgendetwas verschweigt sie mir da ... geht um Geld, welches sie nicht hat und braucht. Immer wenn ich das Thema anspreche, weicht sie aus ... habe ein ungutes Gefühl ... sie fragt mich laufend, wann ich das Haus denn verkaufe ...nee, nee - so nett sie auch ist."

„Und jetzt? Bleiben wir jetzt doch hier?"

„Wohl kaum, da muss ich dich leider enttäuschen. Aber ich habe eine Idee, die dir vielleicht gefallen wird. Erzähle ich dir morgen … wird langsam spät für dich. - Von Marianne soll ich dich trotzdem grüßen; Larissas Chorauftritt war wohl ein voller Erfolg. Marianne will dein Kleid noch reinigen lassen, damit du es frisch und ordentlich zurückbekommst - wird allerdings eine Weile dauern, meinte sie - warum auch immer."

„Aha …?" Becky schlug die Decke zurück, stand aus ihrem Bett auf, öffnete den Kleiderschrank und zeigte auf ihren dort versteckten Traum in weiß. „Das wird aber dann sehr lang dauern", und sie lachte laut auf. „Aber die Geschichte erzähle ich dir morgen, Dad; dann haben wir uns beide etwas zu erzählen." …

\* \* \*

In den Gärten war es still geworden: Stacheldrähte wichen Maschendraht, ausgeschlachteter Autoschrott einer Baustelle für einen Neubau und bekannte Gesichter neuen Gesichtern.

„Post aus Amerika?", staunte Frau Berger, als der Briefträger klingelte, um sich ein flaches Päckchen quittieren zu lassen.

„So ist es … Hier bitte einmal unterschreiben."

Sie nahm das kleine Paket mit hinaus in den Rosengarten und ließ sich auf ihrer Bank nieder. Dort öffnete sie die Sendung bedächtig, nachdem sie den Namen auf dem Absenderetikett gelesen hatte. In einem Umschlag befanden sich ein langer Brief und das gerahmte Photo eines Mädchens. Beinahe hätte Frau Berger dies nicht wiedererkannt, wie es so da stand mit langem, schwarzem Haar: Zufrieden sah Becky aus, und größer war sie geworden. In einem weißen Kleid und einem Pony an der Leine lächelte sie in die Kamera. Frau Berger war gerührt, als sie die Zeilen las, die von neuen Abenteuern berichteten, dem Geschäft des Vaters und davon, dass im nächsten Brief ein Bild vom kleinen Schwesterchen folgen würde. Mit einem Seufzer erhob sich die alte Dame. Dann spazierte sie ihren mit Gänseblümchen übersäten Garten hinauf zu der kleinen Sehenswürdigkeit für Eifelwanderer. Der Verschlag hatte einer schlichten Holzhütte Platz gemacht, an deren Eingang ein Pfeil nach unten wies. Und während Frau Berger gedankenverloren auf das Messingschild an der Tür mit der Gravur ‚Beckys Home' blickte, freute sich gegenüber der Junge in der weißen Villa über eine Einladung ins Baumhaus in den fernen Rocky Mountains.